韋蘇州集

[唐] 韋應物 撰
[明] 凌濛初 輯評

拾瑤叢書

文物出版社

圖書在版編目（CIP）數據

韋蘇州集 / (唐) 韋應物撰 ; (明) 凌濛初輯評. --
北京 : 文物出版社, 2020.7
（拾瑶叢書 / 鄧占平主編）
ISBN 978-7-5010-6442-7

Ⅰ. ①韋… Ⅱ. ①韋… ②凌… Ⅲ. ①唐詩 – 詩集
Ⅳ. ①I222.742

中國版本圖書館CIP數據核字(2019)第275298號

韋蘇州集 〔唐〕韋應物 撰 〔明〕凌濛初 輯評

主　　編：鄧占平
策　　劃：尚論聰　楊麗麗
責任編輯：李縉雲　劉良函
責任印製：張　麗

出版發行：文物出版社
社　　址：北京市東直門内北小街2號樓
郵　　編：100007
網　　址：http://www.wenwu.com
郵　　箱：web@wenwu.com
經　　銷：新華書店
印　　刷：藝堂印刷（天津）有限公司
開　　本：710mm×1000mm　1/16
印　　張：26.5
版　　次：2020年7月第1版
印　　次：2020年7月第1次印刷
書　　號：ISBN 978-7-5010-6442-7
定　　價：170.00圓

前言

《韋蘇州集》十卷附拾遺總論一卷，唐韋應物撰，明凌濛初輯評。明末吴興凌濛初朱墨套印本。半頁八行，行十八字，白口，四周單邊。

韋應物（七三七—七九二），字義博，京兆杜陵（今陝西西安）人。出身世家大族，『爲性高潔，鮮食寡欲』（王欽臣《韋蘇州集序》）。十五歲以三衛郎事玄宗，後入太學讀書。安史亂起，曾避難居武功等地。仕宦生涯經歷多次出仕、罷官，歷任河陽從事、洛陽丞、京兆府功曹參軍、鄠縣令、滁州刺史、江州刺史、尚書左司郎中、蘇州刺史等職，最終卒於蘇州。世稱『韋江州』『韋蘇州』等。韋應物活躍的時期，正是安史之亂之後，唐朝由盛轉衰的歷史時期。相較盛唐詩人的豪邁，以『大曆十才子』爲代表的中唐詩人的詩作中多充滿了一種纖弱的氣質。韋應物之詩在中唐獨樹一幟，詩風淡泊寧静、冲澹簡遠，特别是五言詩成就極高，後人將其與陶淵明合稱『陶韋』，又將其與王維、孟浩然、柳宗元并稱『王孟韋柳』。有《韋蘇州集》。

關於韋集的最早著録見於《唐書・藝文志四》，有《韋應物詩集》十卷，又有《古風集》（别號《灃上西齋吟稿》）者數卷（見王欽臣《韋蘇州集序》），而韋集的最早刊本當爲宋嘉祐本，今不存。據後世刻本中王欽臣嘉祐元年（一〇五六）十二月二十二日所作《韋蘇州集序》稱：『有集十卷，而綴叙猥并非舊次矣。今取諸本校定，仍所部居，去其雜廁，分十五總類，合五百七十一篇，題曰《韋蘇州集》』，可知此本分爲十五類，是爲後世諸多版本的母本。另有熙寧九年（一〇七六）葛蘩本，五百五十九篇，亦不存。現存的宋刻完本有中國國家圖書館藏宋乾道平江府學本、陳氏書棚本以及劉辰翁跋宋刻元修本，至於元、明、清三代，更是刊本衆多。

此本爲明代刊本中極具特色的一種，爲凌濛初朱墨套印本，刊刻頗工。凌濛初（一五八〇—一六四四），字玄房，號初成，别號即空观主人，浙江烏程（今湖州）人。明代小説家、戲曲家、出版家。編撰有短篇小説集《初刻拍案驚奇》《二刻拍案驚奇》，又編有《南音三籟》等。以凌濛初爲代表的凌氏家族與閔氏家族，共同創造了明代湖州刻書業的輝煌。據杜信孚先生統計，凌氏以雙色、多色套印技術刻印的書籍存世約有二十四種，而其中又以朱墨二色套印本爲多，《韋蘇州集》即爲其一。《韋蘇州集》共十卷，并附拾遺、總論一卷，基本按照内容和類别編次，具體體例爲：一賦、二雜擬、三燕集、四寄贈、五送别、六酬答、七逢遇、八懷思、九行旅、十感嘆、十一登眺、十二游覽、十三雜興、十四歌行，總共十四類，五百七十一篇。其中朱色部分爲凌濛初所輯歷代名家評點，主要包括唐代白居易（樂天）、宋代劉辰翁（須溪）、明代高棅、顧璘（東橋）、桂天祥、楊慎、鍾惺（伯敬）、譚元春等人。此本後又與陶淵明《陶靖節集》合刻爲《陶韋合集》二十一卷行世。

中國國家圖書館　馬琳

二〇一九年十二月

韋蘇州集序

韋蘇州唐史不載其行事。林寶姓纂云。周逍遥公夐之後。左僕射扶陽公待價。生司門郎中令儀。令儀生鑾。鑾生應物。應物生監察御史河東節度掌書記慶復。李肇國史補云。爲性高潔。鮮食寡欲。所居焚香掃地而坐。其爲詩馳驟。建安已還。各得風韻。詳其集中詩。天寶時扈從遊幸。疑爲三衛。永泰中任洛陽丞京兆府功曹。大曆十四年。自鄠縣令制除櫟陽令。以疾辭歸。善福精舍。建中二年。由前資除比部員外郎。出爲滁州刺史。改刺江州。追赴闕。改左司郎中。貞元初。又歷蘇州。罷守。寓居永定精舍。其後事迹。宼尋無所見。肇。又云開元以後。位卑而著名者。李北海。王江寧。李館。陶、鄭廣。文元魯山。蕭功曹。張長史。獨孤常州。崔比部。梁補闕。韋蘇州。以集中事。及時人所稱考。其仕宦本末。得非遂止於蘇邪。

案白居易蘇州荅劉禹錫詩云。敢有文章替左司。左司。蓋謂應物也。官稱亦止此。有集十卷。而綴叙猥并非舊次矣。今取諸本校定。仍所部居。去其雜厠。分十五總類。合五百七十一篇。題曰韋蘇州集。可以繕寫。嘉祐元年十二月二十二日太原王欽臣記。

韋蘇州集

古賦一首

冰賦

夏六月。白日當午。火雲四至。金石灼爍。玄泉潛沸。雖深居廣廈。珍簟輕箑。而亦欝欝燠燠。不能和平其氣。陳王於是登別館。散幽情。招親友以高會。尊仲宣爲客卿。睹頒冰之適至。喜煩暑之暫清。王乃誇賓而歌曰。皎皎、皎皎、兮瓊、玉、姿、氣、淒、淒兮奪天時。飲之瑩骨兮何所思。可進於賓。請客卿爲寡人美而賦之。客諾曰。美則美矣。而大王不識其短。夫謂之瓊玉。竊名器也。氣奪天時。干陰陽也。內熱飲之。媒其疾也。寵一物而三失德。且出寒暑而至下。薦宗廟而至高。僕竊慼之而戲欷。安得不爲之而抽毫。何積陰之勝純陽兮。惟此玄冰。居炎天之赫赫兮。獨嚴厲乎稜稜。其始也月玄冥。日北陸。天地閉。水泉縮。動靜一

變。剛柔反覆。壯以烈風。積如羣玉。由是依廣澶
漫。憑高崢嶸。大寒御節。萬動潛形。浮彩浩浩。仰
吞素靈。羣山早曙。陰壑夜明。古者祭之黑牡。其
藏以節。祓之桃弧。其出以祭。今明明大魏。禮物
必備。實大王罇俎之常品。非小民造次之所致。
若尊卑異等。須命有度。碎似墜瓊。方如截璐。況
粉壁雲矗。象筵霜布。座有麗人。皎然俱素。雖衆
賓之同輝。諒爲物之難囿。其竊名假質以謬一

時之賞也如此。若乃對修竹。臨方塘。俾炎作寒兮。反我天常。嗟絺綌之失御於三伏兮亦紈扇委篋而內傷。其嚴沍之威以干陰陽之候也如此。若皎潔的皪。與時消釋。或沉珠於杯。或化璞於液。王將茸飲。聊以自適。豈知乎一寒一溫。日夜相激。久之以生疾兮。內外不和而怵惕。其甚意而媒疾也如此。觀其力足以凄一室。利庖廚。俾甘肥睕敗。醇醲不渝。非可調湊理。安營魄。柰

何以誇客。陳王於是艴然而慙曰。寡人生於深
宮情於服食。左右唯燕姬趙女。侈服美色。微客
卿之言。則何以雪余惑方當命有司而撤冰書
盤盂以自式。

韋蘇州集目録

卷第一

雜擬

燕集

卷第二

寄贈上

卷第三

寄贈下

覽褒子卧病題示一首

寄璨師　　寄盧涉

塗中寄楊邈　　寄璨律師

雪行寄褒子　　寄裴處士

示釋子恒璨　　示全真元常

寄劉尊師　　寄盧山櫻衣居士

與從姪成緒遊山水中道先寄示

寒食寄京師諸弟　　歲日寄李端武等

卷第四

送別

卷第五

酬答

酬李博士

答李博士

答貢士黎逢

答崔主簿倬

答東林道士

答馮魯秀才

清都觀答幼遐

答長安丞裴稅

答令狐士曹見寄

答劉西曹

答韓庫部協

答徐秀才

答長寧令楊轍

答崔主簿

答韓司錄見憶

奉酬處士叔見示

逢遇

卷第六

懷思

卷第七

登高望洛城作　同德寺閣集眺
上方舊遊　登樂遊廟作
登西南岡卜居　月夜翫花
臺上遲客　登樓
善福寺閣　樓中月夜
寒食後北樓作　西樓
夜望　晚登郡閣
登重玄寺閣

遊覽

卷第八

雜興

詠聲

任洛陽丞請告

縣齋

晚出府舍

休暇東齋

夜直省中

郡內閑居

燕居即事

幽居

野居書情

郊居言志

夏景端居

始至郡

郡中西齋

新理西齋

曉坐西齋

對春雪

對殘燈

對芳罇

夜對流螢作

對新篁

夏花明

對萱草

見紫荆花

翫螢火

對雜花

種藥

西澗種栁

種瓜

喜園中茶生

移海榴

郡齋移杉

卷第十

歌行下

易言

三臺詞

調嘯詞

韋蘇州集目録終

須東橋曰韋公古詩當獨步唐室以其得漢魏之質也其下者亦在晉宋之間又曰五言古詩先學韋應物然後諸家可入

劉須溪曰古別離多矣此作更古者以其有清紫自然意如秋風聽野自難為懷

劉須溪曰柔腸歎與而有不可

韋蘇州集卷之一

雜擬

擬古詩十二首

其一

辭君遠行邁飲此長恨端已謂道里遠如何中險艱流水赴大壑孤雲還暮山無情尚有歸行子何獨難（劉云此未明背言之可傷）驅車背鄉園朔風卷（一作吹）行迹嚴冬霜斷肌日入不遑息憂歡（一作憫）容髮變寒暑人事易中心

紀之色吾魯評此詩去意深而語淺

又曰結語沉痛傷懷而不為妖蕩怨曠之態如此而止

君詎知。冰玉徒貞白。〔一作容〕

其二

黃鳥何關關。幽蘭亦靡靡。此時深閨婦。日照紗窗裏。娟娟雙青娥。微微啟玉齒。自惜桃李年。誤身遊俠子。無事久離別。不知今生死。〔紗一作綺〕

〔劉云不必深切而離情適可誰不能道而點綴〕

〔後卜宋有無以加〕

其三

峩峩高山巔。浼浼青川流。世人不自悟。馳謝如驚飈。百金非所重。厚意良難得。旨酒親與朋。芳

劉須溪曰别是情麗趣允入聖可望而不可即者亦極尋常以古調勝又曰吾舊許此詩云淡而綺綺而不傾

年樂京國京城繁華地軒蓋凌晨出垂楊十二衢隱映金張室漢宮南北對飛觀齊白日游泳（一作游冶）屬芳時（詠康時）平生自云畢

其四

綺樓何氛氳朝日正杲杲四壁含清風丹霞射其牖玉顔上哀轉絶耳非世有但感離恨情不知誰家婦孤雲忽無色邊馬爲迴首曲絶碧天高餘聲散秋草徘徊帷中意獨夜不堪守思逐

劉須溪曰常言常語枯淡歎樂

劉須溪曰月滿穐夜長但拈一語誰不知是蘇州之妙然得之

朔風翔。一去千里道。

其五

嘉樹藹初綠。蘼蕪吐幽芳。君子不在賞。寄之雲路長。路長信難越。惜此芳時歇。孤鳥去不還。緘情向天末。

其六

月滿秋夜長。驚烏號北林。天河橫未落。斗柄當西南。寒蛩悲洞房。好鳥無遺音。商飈一夕至。獨

全篇甚難非嘗偏體不知此編異眼處化後来姑發此例顧東橋云此詩純勝選

宿懷重衾舊交日千里隔我浮與沉人生豈草木寒暑移此心

其七

酒星非所酌月桂不爲食虛薄空有名爲君長歎息蘭蕙雖可懷芳香與時息豈如凌霜葉歲暮藹顔色折柔將有贈延意千里客草木知賤微所貴寒不易

其八

鍾伯敬云青無爲尚勞躬之下即以美人奪南國一段接之若斷若不斷眞是古人氣脈知之者少

劉須溪曰單居兩語流動自然

神州高爽地遐瞰靡不通寒月野無綠寥寥天宇空陰陽不停馭貞脆各有終汾沮何鄙儉考槃何退窮（鍾云至理）反志解牽蹻無爲尚勞躬美人奪南國一笑開芙蓉清鏡理（一作畫）容髮褰簾出深重艷曲呈皓齒舞羅不堪風慊慊情有待贈芳爲我容可嗟青樓月流影君帷中

其九

春至林木變洞房夕含清單居誰能裁好鳥對

非陵苦吟所及
未意微之情性
適然不假外物
而與。

我鳴良人久燕趙。新愛移平生。別時雙鴛綺。留
此千恨情。碧草生舊迹。綠琴歇芳聲。一作顛思將魂夢
歡。反側寐不成。一作擥衣迷處所又起望前庭擥衣迷所次。起望空前庭。孤影
中自惻。不知雙涕零。

其十

秋天無留景。萬物藏光輝。落葉隨風起一作達愁人獨
何依。一作歸華月屢圓缺。君還浩無期。如何雨一作雲雨絕絕天一
去音問違。一作塵

錢東橋云古意古語

劉須溪云不言不美情意甚真但覺淒情綿語皆不足道

桂天祥云入陶集中不可辯

其十一

有客天一方。寄我孤桐琴。迢迢萬里隔。託此傳幽音。冰霜中自結。龍鳳相與吟。絃以明直道。一作昭清直漆以固一作彤交深。

其十二

白日淇上沒。空閨生遠愁。寸心不可限。淇水長悠悠。芳樹自妍芳。春禽自相求。徘徊東西廂。孤妾誰與儔。年華逐絲淚。一落俱不一作難收。自妍芳一作自交結一作正妍鬭

劉須溪云其意正平而朴素可尚非無術麗靜且不慘

雜體

沉沉匣中鏡。為此塵垢蝕。輝光何所如。月在雲中黑。南金既彫錯。鞶帶共輝飾。空存（一作有）鑒物名。坐使妍媸惑。美人竭肝膽。思照冰玉色。自非磨瑩工。日日空歎息。

古宅（一作宇）集祅鳥。群號枯樹枝。黃昏窺人室。鬼物相與期。居人不安寢。搏擊思此時。豈無鷹與鸇。飽肉不肯飛。既乖逐鳥節。空養淩雲姿。孤奉肉食

高棅云此用人之意也宛轉發趣隱惻可恨

恩。何異城上鴟。

春羅雙鴛鴦。出自寒夜女。心精煙霧色。指歷千萬緒。長安貴豪家（一作室）妖艷不可數。裁此百日功。唯將一朝舞。舞罷復裁新。豈思勞者苦。

同聲自相應。體質不必齊。誰知賈人鐸。能使大（一作昔）樂諧。鏗鏘發宮徵。和樂變其哀。人神既昭享。鳳鳥（一作皇）亦下來。豈非至賤物。一奏升天階。物情苟有合。莫問玉與泥。

劉須溪云含章雅素默合自然

桂天祥云故輕重相當只坐望還山雲是何等意興

碌碌荊山璞。卞和獻君門。荊璞非有求。和氏非有恩。所獻知國寶。至公不待言。是非吾欲默。此道今豈存。

與友生野飲效陶體　桂云體貭渾朴着以芳艷字

攜酒花林下。前有千載墳。於時不共酌。奈此泉下人。始自翫芳物。行當念徂春。聊舒遠世蹤。坐望還山雲。且遂一歡笑。焉知賤與貧。

效何水部

劉須溪云物性兩語似達似憨甚好 又云蘇州詩去陶自近至效陶則漫取王夷甫語用之故晉人無不有風致可愛也

玉宇含清（一作秋）露。香籠散輕煙。應當結沉抱。難從茲夕眠。夕漏起遙怨。蟲響亂秋陰。反覆相思字。中有故人心。

效陶彭澤

霜露悴百草。時菊獨妍華。物性有如此。寒暑其奈何。掇英泛濁醪。日入會田家。盡醉茅簷下。一生豈在多。顧云只是眞得陶意故下此手

燕集

大梁亭會李四栖梧作

梁王昔愛才。千古化不泯。(平聲)至今蓬池上。遠集八方賓。車馬平明合。城郭滿埃塵。逢君一相許。豈要平生親。入仕三十載。如何獨未伸。英聲久籍籍。臺閣多故人。置酒發清彈。相與(一作將)樂佳辰。孤亭得長望。白日下廣津。富貴良可取(一作求)。朅來西入秦。秋風旦夕起。安得客梁陳。

燕李録事

與君十五侍皇闈。曉拂爐煙上赤墀。花開漢苑經過處。雪下驪山沐浴時。近臣零落今猶（一作誰）在。仙駕飄飄不可期。此日相逢（一作逢君一作琳）思舊日。一杯成喜亦（一作又）成悲。

淮上喜會梁川故人

江漢曾爲客。相逢毎醉還。浮雲一别後。流水十年間。歡笑情如舊。蕭踈鬢已斑。何因北（一作不）歸去。淮上（一作有）對秋山。

揚州偶會前洛陽盧耿主簿（應物頃貳洛陽常有連騎之遊）

楚塞故人稀。相逢本不期。猶存袖裏字。忽怪鬢中絲。客舍盈樽酒。江行滿篋詩。更能連騎出。還似洛橋時。

賈常侍林亭燕集

高賢侍天階（一作陛）。跡顯心獨幽。朱軒鶩關右。池館在東周。繚繞接都城。氤氳望嵩丘。羣公盡詞客。方駕永日遊。朝旦氣候佳。逍遥寫煩憂。綠林靄已布。華沼澹不流。凌露摘幽草。涉煙玩輕舟。圓荷既出水。廣厦可淹留。放神遺所拘。觥罰屢見酬。樂燕良未極。安知有沉浮。醉罷各云散。何當復相求。

月夜會徐十一草堂

空齋無一事。岸幘故人期。暫輟觀書夜。還題翫

六六

月詩。遠鐘高枕後。清露卷簾時。暗覺新秋近。殘河欲曙遲。

移疾會詩客元生與釋子法朗因貽諸祠曹

對此嘉樹林。獨有戚戚顏。抱瘵知曠職。淹旬非樂閑。釋子來問訊。詩人亦扣關。道同意暫遣。一作遣客散疾徐還。園徑自幽靜。玄蟬噪其間。高窗瞰遠郊。暮色起秋山。英曹幸休暇。一作悵之悵悵心所攀。

慈恩伽藍清會

素友俱薄世。屢招清景賞。鳴鍾悟音聞。宿昔心已往。重門相洞達。高宇亦遐（一作迥）朗。嵐嶺曉城分。清陰夏條長（一作清條夏陰長）。氤氳芳臺馥。蕭散竹池廣。平荷隨波泛。迴飆激林響。蔬食遵道侶。泊懷遺滯想。何彼塵昏人。區區在天壤。

夜偶詩客操公作

塵襟一蕭灑。清夜得禪公。遠自鶴林寺。了知人世空。驚禽翻暗葉。流水注幽叢。多謝非玄度。聊將詩興同。

與韓庫部會王祠曹宅作

閑（一作閉）門陰堤柳。秋渠含夕清。微風送荷氣。坐客散塵纓。守默共無悋。抱冲俱寡營。良時頗高會。琴酌共開情。

晦日處士叔園林燕集

遽看蓂葉盡。坐闕芳年賞。賴此林下期。清風滌

劉須溪云淺語流動稱情

煩想。始萌動新照。佳禽發幽響。嵐嶺對高齋。春流灌蔬壤。鐏酒遺形迹。道言屢開獎。幸蒙終夕懽聊用稅歸鞅。

扈亭西陂燕賞

杲杲朝陽時。悠悠清陂望。嘉樹始氤氳。春遊方浩蕩。况逢文翰侶。愛此孤舟漾。綠野際遥波。横雲分疊嶂。公堂日爲倦。幽襟自茲曠。有酒今滿盈。願君盡弘量。

顧東橋云用字用意皆在唐人中

劉須溪云不獨閑靜氣槩又闊可諷

西郊燕集

濟濟衆君子高宴及時光羣山靄遐矚綠野布熙陽列坐遵曲岸披襟襲蘭芳野庖薦嘉魚激澗泛羽觴衆鳥鳴茂林綠草延高岡盛時易徂謝浩思坐飄颺眷言同心友茲遊安可忘

春宵燕萬年吉少府中孚南館

始見斗柄迴復茲霜月霽河漢上縱橫春城夜迢遞賓筵接時彥樂燕凌芳歲稍愛清觴滿仰

歎高文麗。欲去返郊扉。端爲一歡滯。

滁州園池燕元氏親屬

日暮遊清池。疎林羅（一作組）高天。餘綠飄霜露。夕氣變風煙。水門架危閣。竹亭列廣筵。一展私姻禮。屢歎芳罇前。感往在茲會。傷離屬頹年。明晨復云去。且願此留連。

郡樓春燕

衆樂雜軍鞞。高樓邀上客。思逐花光亂。賞餘山

顧東橋云天趣高逸

白樂天云最爲警策

楊用修曰詩話

景夕。爲郡訪彫瘵。守程難損益。聊假一杯歡。暫忘終日迫。

南塘泛舟會元六昆季

端居倦時燠。輕舟泛迴塘。微風飄襟散。橫吹繞林長。雲澹水容夕。雨微荷氣凉。一寫悄勤意。寧用訢（一作計）華觴。

郡齋雨中與諸文士燕集

兵衞森畫戟。宴寢凝清香。海上風雨至。逍遙池孫此首四句為一代絕唱余讀其全篇每恨其結句吳中云云乃類張打油之語雖村教習亦不至是謬戾也後見宋人丽倖篇無後四句又覩況和篇亦止十六句乃知為吳中淺學所增以美其風土而不知釋迦佛下不可著糞也

閣涼。煩痾近（一作已）消散。嘉賓復滿堂。自慚居處崇。未覩斯民康。理會是非遣。性達形迹忘。鮮肥屬時禁。蔬果幸見嘗。俯飲一杯酒。仰聆金玉章。神歡體自輕。意欲凌風翔（一作雲）。吳中盛文史。羣彥今汪洋。方知大藩地（一作域）。豈曰財賦疆（一作彊）。

軍中冬燕

滄海已云晏。皇恩猶念勤。式燕偏恒秩。柔遠及斯人。茲邦實大藩。伐鼓軍樂陳。是時冬服成。戎士氣益振（平聲）。虎竹謬朝寄。英賢降上賓。旋罄周旋禮。媿無海陸珍。庭中丸劒闌。堂上歌吹新。光景不知晚。觥酌豈言頻。單醪昔所感。大釀況同忻。顧謂軍中士。仰荅何由申。

司空主簿琴席

煙華方散薄。蕙氣猶含露。澹景發清琴。幽期默玄（一作元）悟。留連白雪意。斷續迴風度。掩抑雖已終。忡忡在幽素。

與村老對飲

鬢眉雪色猶嗜酒。言辭淳朴古人風。鄉村年少生離亂。見話先朝如夢中。

韋蘇州集卷之一終

劉須溪云真素蓋疑亦今人所恨遺
鍾伯敬云淋不和平說到世情逼人處亦自悚慨不覺

韋蘇州集卷之二

寄贈上

城中臥疾知閻薛二子屢從邑令飲因以贈之

車一作良馬日蕭蕭。胡不枉一作存我廬。方來從令飲。臥病獨何如。鍾云婉而麗秋風起漢一作江臯。開戶望平蕪。即此怯一作稀音素一作表。焉知中密踈。渴者不思火。寒者不求水。人生羈寓一作旅時。去就當如此。猶希心異跡。一作從利心跡異眷眷存終始。譚友夏云心異跡三字妙交道暢然

譚曼夏云水何嘗有云妙ゝ鍾伯敬云胸中無領會如何吐得此語

聽嘉陵江水聲寄深上人

鑿崖泄奔湍。稱古神禹跡。夜喧山門店。獨宿不安席。水性自云靜。一作爲石中本無聲。如何兩相激。雷轉空山驚。貽之道門舊。了此物我情。

高陵書情寄三原盧少府

直方難爲進。守此微賤班。開卷不及顧。沉埋案牘間。兵凶久一作互相踐。徭賦豈得閑。促戚下可哀。寬政身致患。日夕思自退。出門望故山。君心儻如此。携手相與還。

假中對雨呈縣中僚友

卻足甘（一作堪）爲笑。閑居夢杜陵。殘鶯知夏淺。社（一作時）雨報年登。流麥非關忘。收書獨不能。自然憂曠職。緘此謝良朋。

贈蕭河南

厭劇辭京縣。褒賢待詔書。鄭侯方繼業。潘令且閑居。齊後三川冷。秋（一作涼）深萬木疏。對琴無一事。新輿復何如。

示從子河南尉班 并序

永泰中余任洛陽丞。以撲扶軍騎。時從子河南尉班。亦以剛直爲政。俱見訟於居守。因詩示意。府縣𡠞我者。豈曠斯文。

拙直余恒守。公方爾所存。同占朱鳥尅。俱起小人言。立政思懸棒。謀身類觸藩。不能林下去。祗戀府廷恩。

鍾伯敬云清深近古
蕭常之云韋應物聽嘉陵江聲云水性自云靜石中本無聲如何兩相激而傳

趨府候曉呈兩縣僚友

趨府不遑安。中宵出戶看。滿天星尚在。近壁燭[一作猶]仍殘。立馬頻驚曙。垂簾却避寒。可憐同官者。應[一作始]悟下流難。

贈李儋

絲桐本異質。音響合[一作今]自然。吾觀造化意。二物相因緣。誤觸龍鳳嘯。靜聞寒夜泉。心神自安宅。煩慮頓可捐。何因知久要。絲白漆亦堅。

空山鳴與山綠桐四句意頗相類然應物未曉所謂非因非緣亦非自然者

贈盧嵩

百川注東海。東海無虛盈。泥滓不能濁。澄波非益清。恬然自安流。日照萬里晴。雲物不隱象。三山共分明。奈何疾風怒。忽若基柱傾。海水雖無心。洪濤亦相驚。怒號在倏忽。誰識變化情。

寄馮著

春雷起萌蟄。土壤日已疎。胡能遭盛明。才俊伏里閭。偃仰遂真性。所求唯斗儲。披衣出茅屋。盥漱臨清渠。吾道亦自適。退身保玄虛。幸無職事牽。且覽按上書。親友各馳騖。誰當訪弊廬。思君在何夕。明月照廣除。

早春對雪寄前殿中元侍御

掃雪開幽徑。端居望故人。猶殘臘月酒。更值早梅春。幾日東城陌。何時曲水濱。聞閑且共賞。莫待繡衣新。

贈王侍御

心同野鶴與塵遠。詩似氷壺見底清。府縣同趨昨日事。升沈不改故人情。上陽秋晚蕭蕭雨。洛水寒來夜夜聲。自歎猶爲折腰吏（一作客）可憐驄馬路傍行。

將往江淮寄李十九儋 余自西京至李又發河洛同道不遇

鶖鶖東向來。文鷁亦西飛。如何不相見。羽翼有高卑。徘徊到河洛。華屋未及窺。秋風飄我行。遠與淮海期。迴首隔煙霧。遥遥兩相思。陽春自當

返。短翮欲追隨

自鞏洛舟行入黃河即事寄府縣僚友

夾水蒼山路向東。東南山豁大河通。寒樹依微遠天外。夕陽明滅亂流中。孤村幾歲臨伊岸。一鴈初晴下朔風。為報洛橋遊宦侶。扁舟不繫與心同。

寄盧庾

悠悠遠離別。分此歡會難。如何兩相近。反使心

鍾伯敬云悲辛

鍾伯敬云得此二字妙

不安。亂髮思一櫛。垢衣思一澣。豈如望友生。對酒起長歎。時節異京洛。孟冬天未寒。廣陵多車馬。日夕自遊盤。獨我何耿耿。非君誰爲歡。

發廣陵留上家兄兼寄上長沙

將違安可懷。宿戀復一方。家貧無舊業。薄宦各飄颺。執板身有屬。淹時心恐惶。拜言不得留。聲結淚滿裳。漾漾動行舫。亭亭遠相望。離晨苦須臾。獨往道路長。蕭條風雨過。得此海氣涼。感秋

鍾伯敬云古甚

劉須溪云至濃至淡便是蘇州筆意

劉須溪云風波兩語足以極惜別之懷

意已違。況自結中腸。推道固當遣。及情豈所忘。

何時共還歸。舉翼鳴春陽。

初發楊子寄元大校書（劉云悟此與關古晚纏綿）

悽悽去親愛。泛泛入烟霧。歸棹洛陽人。殘鍾廣陵樹。今朝此爲別。何處還相遇。世事波上舟。沿洄安得住。

淮上卽事寄廣陵親故

前舟已眇眇。欲度誰相待。秋山起暮鍾。楚雨連（劉云好句）

又云獨鳥下東南偶然景偶然語亦不可再得

滄海風波離思滿。作遠宿昔容鬢改。獨鳥下東南。廣陵何處在。桂云用在字韻尤妙

寄洪州幕府盧二十一侍御 自南昌令拜頃同官洛陽

忽報南昌令。乘驄入郡城。同時趨府客。此日望塵迎。文苑臺中妙。冰壺幕下清。洛陽相去遠。猶使故林榮。

經少林精舍寄都邑親友

息駕依松嶺。高閣一攀緣。前瞻路已窮。旣詰喜

更延出巘聽萬籟。入林濯幽泉。鳴鍾生道心。暮磬（一作鶴）空雲煙。獨往雖暫適。多累終見牽。方思結茅地。歸息期暮年。

同長源歸南徐寄子西子烈有道

東洛何蕭條。相思邈遐路。策駕復隨遊。入門無（一作出入亦無）與晤（晤）。還因送歸客。達此緘中素。屢睽心所歡。豈得顏如故。所歡不可睽。嚴霜晨淒淒。如彼萬里行。孤妾守空閨。臨觴一長嘆。素欲何時諧。

雪中聞李儋過門不訪聊以寄贈

度門能不訪。冒雪屢西東。已想人如玉。遥憐馬似驄。乍迷金谷路。稍變上陽宫。還比相思意。紛紛正滿空。

同德精舍養疾寄河南兵曹東廳掾

逍遥東城隅。雙樹寒葱蒨。廣庭流華月。高閣凝餘霰。杜門非養素。抱疾阻良讌。孰謂無他人。思君歲云變。官曹亮先忝。陳躅慙俊彦。豈知晨與夜相代不相見緘書問所如（一作知）訓藻當芬絢。

同德寺雨後寄元侍御李博士

川上風雨來。須臾滿城闕岧嶤青蓮界蕭（一作宇）條孤興發。前山遽已淨。陰靄夜來歇。喬木生夏涼流雲吐華月。嚴城自有限。一水非難越。相望曙河（一作何）遠。高齋坐超忽。

同德閣期元侍御李博士不至各投贈二首

庭樹忽已暗。故人那（一作何）不來。祇應厭煩暑。永日坐霜臺。
官榮多所繫。閑居亦愆期。高閣猶相望。青山欲暮時。

使雲陽寄府曹

夙駕祗府命。冒炎不遑息。百里次雲陽。閭閻問漂溺。上天屢愆氣。胡不均寸澤。仰瞻喬樹顛。見此洪流跡。良苗免湮沒。蔓草生宿昔。頹墉滿故墟。返喜將安宅。周旋涉塗潦。側峭緣溝脉。仁賢憂斯民。賤子甘所役。公堂衆君子。言笑思與覿。

過扶風精舍舊居簡朝宗巨川兄弟

佛刹出高樹。晨光閭井中。年深念陳跡。迨此獨忡忡。零落逢故老。寂寥悲草蟲。舊宇多改構。幽篁延本藂。栖止事如昨。芳時去已空。佳人亦攜手。再往今不同。新文聊感舊。想子意無窮。

贈令狐士曹 自八月朔旦同使藍田滻留涉季事先半日而待故有戲

秋簷〔一作窗〕滴滴對牀寢。山路迢迢聯騎行。到家俱及東籬菊。何事先歸半日程。

贈馮著

契闊仕兩京。念子亦飄蓬。方來屬追往。十載事不同。歲晏乃云至。微褐還未充。慘悽遊子情。風雪自關東。華觴發權顏。嘉藻播清風。始此盈抱恨。曠然一夕中。善藴豈輕售。懷才希國工。誰當念素士。零落歲華空。

對雨寄韓庫部協

風至池館凉。竊然和曉霧。蕭條集新荷。氛氳散高樹。閑居興方淡。默想心已屢。暫出仍濕衣。况君東城住。

寄子西

夏景已難度。懷賢思方續。喬樹落疎陰。微風散煩燠。傷離枉芳札。忻遂見心曲。藍上舍已成。田家雨新足。託鄰素多欲。殘秩猶見束。日夕上高齋。但望東原綠。

縣內閑居贈温公

滿郭春風嵐已昏。雅栖散吏掩重門。雖居世網常清淨。夜對高僧無一言。

對雪贈徐秀才

靡靡寒欲收。靄靄陰還結。晨起望南端。千林散春雪。妍光屬瑶階。亂緒凌新節。無爲掩扉臥。獨守袁生轍。

西郊遊宴寄贈邑僚李巽

升陽曖春物。置酒臨芳席。高宴闕英僚。衆賓寡歡懌。是時尚多壘。板築興頹壁。羇旅念越疆。領徒方祗役。如何嘉會日。當子憂勤夕。西郊鬱巳茂。春嵐重如積。何當返徂雨。雜英紛可惜。

對雨贈李主簿高秀才

邐迤曙雲薄。散漫東風來。青山滿春野。微雨灑輕𠎝。吏局勞佳士。賓筵得上才。終朝狎文墨。高興共徘徊。

休沐東還胄貴里示端

宦遊二十載。田野久已疎。休沐遂兹日。一來還故墟。山明宿雨霽。風暖百卉舒。泓泓野泉潔。熠熠林光初。竹木稍摧翳。園場亦荒蕪。俯驚鬢已衰。周覽昔所娛。存沒惻私懷。遷變傷里閭。欲言少留心。中復畏簡書。世道良自退。榮名亦空虛。

與子終携手。歲晏當來居。

朝請後還邑寄諸友生

宰邑分甸服。夙駕朝上京。是時當暮春。休沐集友生。抗志青雲表。俱踐高世名。尊酒具懽樂。文翰亦縱横。良遊昔所希。累讌夜復明。晨露含瑤琴。夕風殞素英。一旦遵歸路。伏軾出京城。誰言再念別。忽若千里行。閉閣寡諠訟。端居結幽情。况茲晝方永。展轉何由平。

澧上西齋寄諸友七月中善福之西齋作

絕岸臨西野。曠然塵事遥。清川下邐迤。茅棟上岧嶤。翫月愛佳夕。望山屬清朝。俯砌視歸翼。開襟納遠飈。等陶辭小秩。效朱方負樵。閑遊忽無累。心跡隨景超。明世重才彥。雨露降丹霄。羣公正雲集。獨予欣寂寥。

獨遊西齋寄崔主簿

同心忽已別。昨事方成昔。幽徑還獨尋。綠苔見行跡。秋齋正蕭散。煙水易昏夕。憂來結幾重。非君不可釋。

紫閣東林居士叔緘賜松英丸捧對忻喜蓋非塵侶之所當服輙獻詩代啟

碧澗蒼松五粒稀。侵雲采去露沾衣。夜啟羣仙合靈藥。朝思俗侶寄將歸。道場齋戒今初服。人事葷羶已覺非。一望嵐峯拜還使。腰間銅印與心違。

鍾伯敬云自處處人讀學箕畢

鍾伯敬云古道

秋集罷還途中作謹獻壽春公黎公

束帶自衡門。奉命宰王畿。君侯柱高鑒。舉善掩瑕疵。斯民本已安。（譚云異於五言）工拙兩無施。何以酬明德。歲晏不磷緇。時節乃來集。欣懷方載馳。平明大府開。一得拜光輝。溫如春風至。肅若嚴霜威。羣屬所載瞻。而忘倦與饑。公堂燕華筵。禮罷復言辭。將從平門道。憩車灃水湄。山川降嘉歲。草木蒙潤滋。孰云還本邑。懷戀獨遲遲。

閑居贈友

補吏多下遷。罷歸聊自度。園廬既蕪沒。煙景空澹泊。閑居養痾瘵。守素甘葵藿。顏鬢日衰耗。冠帶亦寥落。青苔已生路。綠筠始分籜。夕氣下遙陰。微風動疎薄。草玄良見誚。杜門無請託。非君好事者。誰一作能來顧寂寞。

四禪精舍登覽悲舊寄朝宗巨川兄弟

蕭散人事憂。迢遞古原行。春風日已暄。百草亦復生。躋閣謁金像。攀雲造禪扃。新景林際曙。雜花川上明。徂歲方緬邈。陳事尚縱橫。温泉有佳氣。馳道指京城。携手思故日。山河留恨情。存者邈難見。去者已冥冥。臨風一長慟。誰畏行路驚。

善福閣對雨寄李儋幼遐

飛閣凌太虛。晨躋鬱崢嶸。驚飇觸懸檻。白雲冒層甍。太陰布其地。密雨垂八紘。仰觀固不測。俯視但冥冥。感此窮秋氣。沉鬱命友生。及時策高步。羇旅遊帝京。聖朝無隱才。品物俱昭形。國士秉繩墨。何以表堅貞。寸心東北馳。思與一會并。我車夙已駕。將逐晨風征。郊塗住成淹。默默阻中情。

寺居獨夜寄崔主簿

幽人寂不寐（一作眠）。木葉紛紛落。寒雨暗深更。流螢度高閣。坐使青燈曉。還傷夏衣薄。寧知歲方晏。離居更蕭索。

九日灃上作寄崔主簿倬二季端繫

淒淒感時節。望望臨灃涘。翠嶺明華秋。高天澄遥滓。川寒流愈迅。霜交物初委。林葉索已空。晨禽迎飈起。時菊乃盈泛。濁醪自爲美。良遊雖可娛。殷念在之子。人生不自省。營欲無終已。孰能同一酌。陶然冥斯理。

西郊養疾聞暢校書有新什見贈久佇不至先寄此詩

養病愜清夏。郊園敷卉木。窻一作户夕含澗涼。雨餘愛筠綠。披懷始高詠。對琴轉幽獨。仰子遊羣英。吐詞如蘭馥。還聞枉嘉藻。停望延昏旭。唯見草青青。閉門澧水曲。

澧上寄幼遐

寂寞到城闕。惆悵返柴荆。端居無所爲。念子遠徂征。夏晝人已息。我懷獨未寧。忽從東齋起。兀兀尋澗行。罥罥叢榛密。披翫孤花明。曠然西南

劉須溪云甚有佳致可誦

鍾伯敬云欲得[illegible]然颯然

望。一極山水情。周覽同遊處。逾恨阻音形。壯圖非旦夕。君子勤令名。勿復久留讌。蹉跎在北京。

善福精舍示諸生

湛湛嘉樹陰。淸露夜景沉。悄然羣物寂。高閣似陰岑。方以玄默處。豈爲名跡侵。法妙（一作淺如）不知歸。獨此抱冲襟。齋舍無餘物。陶器與單衾。諸生時列坐。共愛風滿林。

晩出灃上贈崔都水

劉須溪云寂寞有沉着意

臨流一舒嘯。望山意轉延。隔林分落景。餘霞明遠川。首起趨東作。巳看耘夏田。一從民里居。歲月再徂遷。昧質得全性。世名良自牽。行欣攜手歸。聊復飲酒眠。

寓居灃上精舍寄于張二舍人

萬木叢雲出香閣。西連碧澗竹林園。高齋獨宿遠山曙。微霰下庭寒雀喧。道心淡泊對流水。生事蕭疎空掩門。時憶故交那得見。曉排閶闔奉明恩。

開元觀懷舊寄李二韓二裴四兼呈崔郎
中嚴家令

宿昔清都燕。分散各西東。車馬行跡在。霜雪竹
林空。方軫故物念。誰復一樽同。聊披道書暇。還
此聽松風。

春日郊居寄萬年吉少府中孚三原少府
偉夏侯校書審

谷鳥晴一囀田園春雨餘光風動林早高窓照日初獨飲澗中水吟詠老氏書城闕應多事誰憶此閑居

灃上醉題寄滁武

芳園知夕燕西郊已獨還誰言不同賞俱是醉花間

西郊期滁武不至書示

山高鳴過雨澗樹落殘花非關春不待當由期

劉須溪云鋪情

而語更達

自滁

灃上對月寄孔諫議

思懷在雲闕。泊素守中林。出處雖殊跡。明月兩知心。

將往滁城戀新竹簡崔都水示端

停車欲去繞叢竹。偏愛新筠十數竿。莫遣兒童觸瓊粉。留待幽人迴日看。

還闕首途寄精舍親友

休沐日云滿，冲然將罷官。嚴車候門側，晨起正朝冠。山澤含餘雨，川澗注驚湍。攬轡遵東路，廻首一長歎。居人已不見，高閣在林端。

秋夜南宫寄澧上弟及諸生

暝色起煙閣，沉抱積離憂。況兹風雨夜，蕭條梧葉秋。空宇感凉至，頽顔驚歲周。日夕遊闕下，山水憶同遊。

塗中書情寄澧上兩弟因送二甥却還

華簪豈足戀。幽林徒自違。遥知别後意。寂寞掩郊扉。回首昆池上。更羨爾同歸。

雪夜下朝呈省中一絶

南望青山滿禁闈。曉陪鴛鷺正差池。共愛朝來何處雪。蓬萊宫裏折松枝。

贈孫徵時赴雲中

黄驄少年舞雙戟。目視傍人皆辟易。百戰曾誇隴上兒。一身復作雲中客。寒風動地氣蒼茫。横

笛先悲出塞長鼓石軍中傳夜火斧冰河畔汲朝漿前鋒直指陰山外虜騎紛紛翦應碎匈奴破盡看君歸金印酬功如斗大

冬夜宿司空野居因寄酬贈

南北與山鄰蓬庵庇一身繁霜凝有雪荒草似無人遂性在耕稼所交唯賤貧何緣張掾傲每重德璋親

寄答祕書王丞

相看頭白來城闕。却憶漳溪舊往還。今體詩中偏出格。常參官裏每同班。街西借宅多臨水。馬上逢人亦說山。芸閣水曹雖至冷。與君常喜得身閑。

書懷寄顧八處士

自小難收疎懶性。人間萬事總無功。別從仙客求方法。曾到僧家問苦空。老大登朝如夢裡。貧窮作活是村中。未能即便休官去。慙愧南山採

樂翁

韋蘇州集卷之二終

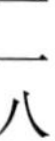

鍾伯敬云蘇物至郴雖在十字亂畫

韋蘇州集卷之三

寄贈下

寄郴州韓司戶郎中

達(一作遠)識與昧機。智殊跡同靜。於焉得携手。屢賞清夜景。蕭灑陪高詠。從容羨華省。一逐風波遷。南登桂陽嶺。舊里門空掩。歡(一作新)遊事皆屏。悵望城闕遥。幽居時序永。春風吹百卉。和煦變閭井。獨悶終日眠。篇書不復省。唯當望雨露。霑子荒遐境。

寄令狐侍郎

三山有瓊樹。霜雪色逾新。始自風塵交。中結綢繆姻。西掖方掌誥。南宮復司春。夕燕華池月。朝奉玉階塵。衆寶歸和氏。吹噓多俊人。羣公共然諾。聲問邁時倫。孤鴻旣高舉。鷰雀在荆榛。翔集且不同。豈不欲殷勤。一旦遷南郡。江湖渺無垠。寵辱良未定。君子豈緇磷。寒暑已推斥。別離生苦辛。非將會面目。書札何由申。

閑居寄端及重陽

山明野寺曙鍾微。雪滿幽林人跡稀。閑居寥落
生高興。無事風塵獨不歸。

園林宴起寄昭應韓明府盧主簿

田家已耕作。井屋起晨煙。園林鳴好鳥。閑居猶
獨眠。不覺朝已宴。起來望青天。四體一舒散。情
性亦惝然。還復茆簷下。對酒思數賢。束帶理官
府。簡牘盈目前。當念中林賞。覽物遍山川。上非

遇明世庶以道自全。

寄大梁諸友

分竹守南譙弭節過梁池雄都衆君子出餞擁河湄燕詎始云洽方舟已解維一爲風水便但見山川驅昨日次睢陽今夕宿符離雲樹愴重疊煙波念還期相敦在勤事海内方勞師

新秋夜寄諸弟

兩地俱秋夕相望共（一作在）星河高梧一葉下空齋歸

思多方用憂人瘼況自抱微痾無將別來近顏

鬢已蹉跎

郊園聞蟬寄諸弟

去歲郊園別聞蟬在蘭省今歲臥南譙蟬鳴歸

路永夕響依山郭（一作餘声幾秋館）餘悲散秋景緘書報此時（一作[illegible]）此

心方耿耿

寄中書劉舍人

雲霄路竟別中年跡暫同比翼趨丹陛連騎下

南宮。佳詠邀清月。幽賞滯芳叢。迨予一出守。與子限西東。晨露方愴愴。離抱更忡忡。忽睹九天詔。秉綸歸國工。玉座浮香氣。秋禁散涼風。應向横門度。環珮杳玲瓏。光輝恨未矚。歸思坐難通。蒼蒼松桂姿。想在一垣中。

郡齋感秋寄諸弟

首夏辭舊國。窮秋臥滁城。方如昨日別。忽覺徂歲驚。高閣收煙霧。池水晚澄清。戶牖已淒爽。晨夜感深情。昔遊郎署間。是月天氣晴（一作清）。授衣還西郊。曉露田中行（一作野）。采菊投酒中。昆弟自同傾。簪組聊挂壁。焉知有世榮。一旦居遠郡。山川間音形。大道庶無累。及茲念已盈。

郡中對雨贈元錫兼簡楊凌

宿雨冒空山。空城響秋葉。沉沉暮色至。淒淒凉氣入。蕭條林表散。的皪荷上集。夜霧著衣重。新苔侵履濕。遇茲端憂日。賴與嘉賓接。

冬至夜寄京師諸弟兼懷崔都水

理郡無異（一作長）政，所憂在素餐。徒令去京國，羇旅當歲寒。子（一作亥）月生一氣，陽景極南端。已懷時節感，更抱別離酸。私燕席（一作夕）云罷，還齋夜方闌。邃幕沉空宇（一作[illegible]），孤燭照牀單。應同茲夕念，寧忘故歲歡。川塗恍悠邈，涕下一闌干。

元日寄諸弟兼呈崔都水

一從守茲郡，兩鬢生素髮。新正加我年，故歲去

一二六

超忽。淮濱異時候。了似仲秋月。川谷風景溫。城池草木發。高齋屬多暇。惆悵臨芳物。日月昧還期。念君何時歇。

寄職方劉郎中

相聞二十載。不得展平生。一夕（一作旦）南宮遇。聊用寫中情。端服光朝次。羣列慕（一作喈）英聲。歸來坐粉闈。揮筆乃縱横。始陪文翰遊。歡燕難久并。予因謬忝出。君爲沉疾嬰。別離寒暑過。荏苒春草生。故園茲日隔。新禽池上鳴。郡中永無事。歸思徒自盈。

社日寄崔都水及諸弟羣屬

山郡多暇日。社時放吏歸。坐閤獨成悶。行塘閱清輝。春風動高樹。芳園掩夕扉。遥思里中會。心緒悵微微。

寒食日寄諸弟

禁火曖佳辰。念離獨傷抱。見此野田花。心思杜陵道。聯騎定何時。予今顔已老。

三月三日寄諸弟兼懷崔都水

暮節看已謝。茲晨愈可惜。風澹意傷春。池寒花斂夕（一作遠）。對酒始依依。懷人還的的。誰當曲水行。相思尋舊跡。

贈李儋侍御

風光山郡少。來看廣陵春。殘花猶待客。莫問意中人。

寄楊協律

吏散門閣掩。鳥鳴山郡中。遠念長江別。俯覺座
隅空。舟泊南池雨。簟卷北樓風。併罷芳樽燕。爲
憐昨時同。

郡齋贈王卿

無術謬稱簡。素餐空自嗟。秋齋雨成滯。山藥寒
始華。濩落人皆笑。幽獨歲逾賒。唯君出塵意。賞
愛似山家。一作僧家

簡恒璨

劉須溪云高視城邑真漫如此閑合野興甚濃

（一作臺）室虛多凉氣（一作颯）天。高屬秋時。空庭夜風雨。草木曉離披。簡書日云曠。文墨誰復持。聊因遇澄靜。一與道人期。

閑居寄諸弟

秋草生庭白露時。故園諸弟益相思。盡日高齋無一事。芭蕉葉上獨題詩。

登樓寄王卿

踏閣攀林恨不同。楚雲滄海思無窮。數家砧杵正是絕意漠情，兩聯即情味不如此。楊用修曰：絕妙。字句雖對而意則一貫。

秋山下一郡，荊榛寒雨中。（浙東樓云：登樓愁思宛然，下淚。）

寄暢當（聞以子弟被召從軍）

寇賊起東山，英俊方未閑。聞君新應募，籍籍動京關。出身文翰場，高步不可攀。青袍未及解，白羽插腰間。昔爲瓊樹枝（一作姿），今有風霜顔。秋郊細柳道，走馬一夕還。丈夫當爲國，破敵如摧山。何必事州府，坐使鬢毛班。

贈崔員外

胡仔云士君子當以此切切存心彼一意供租斂事土木視民如仇者得無愧哉

王世貞曰身多疾病二語極嫺非臣而語意亦佳

一別十年事。相逢淮海濱。還思洛陽日。更話府中人。且對清觴滿。寧知白髮新。忽忽何處去。車馬冒風塵。

寄李儋元錫

去年花裏逢君別。今日花開已一年。世事茫茫難自料。春愁黯黯（一作忽忽）獨成眠。身多疾病思田里。邑有流亡愧俸錢。聞道欲求相問訊。西樓望月幾迴圓。

京師叛亂寄諸弟

弱冠遭世難。二紀猶未平。羇離官一作守遠郡。虎豹滿西京上懷犬馬戀。下有骨肉情。歸去在何時。流淚忽霑纓。憂來上北樓。左右但軍營。函谷行人絕。淮南春草生。鳥鳴野田間。心憶故園一作里行何時四海晏。甘與齊民耕

贈琮公

山僧一相訪。吏案正盈前。出處似殊致。喧靜兩

皆禪（一作依）。暮春華池宴。清夜高齋眠。此道本無得。寧復有忘筌。

寄諸弟 建中四年十月三日京師兵亂自滁州間道遣使明年興元甲子歲五月九日使還作

歲暮兵戈亂京國。帛書間道訪存亡。還信忽從天上落。唯知彼此淚千行。

寄恒璨

心絕去來緣。跡（一作迹）順（一作漸）人間事。獨尋秋草徑。夜宿寒

洪邁云此篇高妙超詣不容聲詠而結句非語言思索可得東坡依韻遠不及

劉須溪云其詩

山寺。今日郡齋閑。思問楞伽子。

簡郡中諸生

守郡臥秋閣。四面盡荒山。此時聽夜雨。孤燈照窗閒。藥園日蕪漫。書帷長自閑。惟當上客至。論詩一解顏。

寄全椒山中道士（桂云全首無一字不佳語似沖淡而意興獨至此所謂良工心獨苦也）

（王云是唐絕推倒）今朝郡齋冷。忽念山中客。澗底束（一作采）荊薪。歸來煮白石。欲持一瓢（一作抱）酒。遠慰（一作寄）風雨夕。落葉滿（一作遍）空山。何

有多少景處及得意如此亦少

處。尋。行。跡。　鍾云此等詩妙處在工拙之外

寄釋子良史酒

秋山僧冷病。聊寄三五杯。應爲山瓢裏。還寄此瓢來。

重寄

復寄滿瓢去。定見空瓢來。若不打瓢破。終當費酒材。

答釋子良史送酒瓢

此瓢今已到。山瓢知已空。且飲寒塘水。遥將回也同 一作遥知回也屈

簡陟巡建三甥 盧氏生

忽羨後生連榻話。獨依寒竹一齋空。時流歡笑事從別。把酒吟詩待爾同。

覽襄子卧病一絶聊以題示 沈氏生 全貞

念子抱沉疾。霜露變滁城。獨此高窻下。自然無世情。

劉須溪云題寄盧涉如是此種風氣亦復可記

寄璨師

林院生夜色，西廊上紗燈。時憶長松下，獨坐一山僧。

寄盧陟

柳葉遍寒塘，曉霜凝高閣。累日此留連，別來成寂寞。

途中寄楊邈裴緒示褒子 永陽縣館中作

上宰領淮右，下國屬星馳。霧野騰曉騎，霜竿裂

劉須溪云蘇州用意常在此詩故精練特勝觸處自肰

顧璘云清語古調

又云後二句作應越前意

凍旗蕭蕭陵連岡。莽莽望空陂。風截鴈嘹唳。雲
參樹參差。高齋明月夜。中庭松桂姿。當睽一酌
恨。況此兩旬期。

宿永陽寄璨律師

遥知郡齋夜。凍雪封松竹。時有山僧來。懸燈獨
自宿。

雪行寄褒子

淅瀝覆寒騎。飄飄暗川容。行子郡城曉。披雲看

杉松。

寄裴處士

春風駐遊騎，晚景淡山暉。一問清泠子，獨掩荒園扉。草木雨來長，里閭人到稀。方從廣陵宴，花落未言歸。

偶入西齋院示釋子恆璨

僧齋地雖密，忘子跡要賒。一來非問訊，自是看山花。

示全真元常元常趙氏生

余辭郡符去。爾爲外事牽。寧知風雪夜。復此對牀眠。始話南池飲。更詠西樓篇。無將一會易。歲月坐推遷。

寄劉尊師

世間荏苒縈此身。長望碧山到無因。白鶴徘徊看不去。遥知下有清都人。

寄廬山樱衣居士

兀兀山行無處歸。山中猛虎識𧟌衣。俗客欲尋應不遇。雲溪道士見猶稀。

因省風俗與從姪成緒遊山水中道先歸寄示

累宵同燕酌。十舍携征騎。始造雙林寂。遐搜洞府祕。羣峯繞盤鬱。懸泉仰特異。陰壑雲松埋。陽崖煙花媚。每慮觀省牽。中乖遊踐志。我向山水行。子歸棲息地。一操臨流袂。上聳干雲轡。獨往倦危途。懷冲寡幽致。賴爾還都期。方將登樓遲。

寒食寄京師諸弟

雨中禁火空齋冷。江上流鶯獨坐聽。把酒看花想諸弟。杜陵寒食草青青。

歲日寄京師諸季端武等

獻歲抱深惻。僑居念歸緣。常患親愛離。始覺世務牽。少事河陽府。晚守淮南壖。平生幾會散。已及蹉跎年。昨日罷符竹。家貧遂留連。部曲多已

去。車馬不復全。閑將酒爲偶。黙以道自詮。聽松
南巖寺。見月西澗泉。爲政無異術。當責豈望遷。
終理（一作襄）來時裝。歸鑿杜陵田。

簡盧陟

可憐白雪曲。未遇知音人。悽惶戎旅下。蹉跎淮
海濱。澗樹含朝雨。山鳥哢餘春。我有一瓢酒。可
以慰風塵。

西澗即事示盧陟

寢扉臨碧澗。晨起澹忘情。空林細雨至。圓文遍水生。永日無餘事。山中伐木聲。知子塵喧久。暫可散煩纓。

登郡寄京師諸季淮南子弟

始罷永陽守。復卧潯陽樓。懸檻飄寒雨。危堞侵（一作遶）江流。迨茲聞雁夜。重憶别離秋。徒有盈樽酒。鎮此百端憂。

寄黄尊師

結茅種杏在雲端。掃雪焚香宿石壇。靈祗不許世人到。忽作雷風登嶺難。

寄黃劉二尊師

廬山兩道士。各在一峯居。矯掌白雲表。晞髮陽和初。清夜降眞侶。焚香滿空虛。一作廬中有無爲樂。自然與世疎。道尊不可屈。符守豈暇餘。高齋遥致敬。願示一編書。

秋夜寄丘二十二員外

顧東橋云此篇後二句佳

懷君屬秋夜。散步詠涼天。山空松子落。幽人應未眠。

贈丘員外

高詞棄浮靡。貞行表鄉閭。未具南宮拜。聊偃東山居。大藩本多事。日與文章疎。每一覩之子。高詠遂起予。宵晝方連燕。煩悩亦頓祛。格言雅誨闕。善謔矜數餘。久跔思遊曠。窮悰遇陽舒。虎丘愜登眺。吳門悵躊躇。方此戀携手。豈云還舊墟。

告諸吳子弟。文學爲何如
跡與孤雲遠。心將野鶴俱。那同石氏子。每到府
門趨。

贈李判官

良玉定爲寶。長材時所希。佐幕方巡郡。奏命布
恩威。食蔬程獨守。飲冰節靡違。决獄與邦頌。高
文稟天機。賓館在林表。望山啟西扉。下有千畝
田。泱漭吳土肥。始耕已見獲。袗絺今授衣。政拙

勞詳省淹留未得歸。雖懸且忻願。日夕覩光輝。

寄皎然上人

吳興老釋子。野雪蓋精廬。詩名徒自振。道心長晏如。想茲棲禪夜。見月東峯初。鳴鐘(一作磬)驚巖壑。焚香滿空虛。叨慕端成舊。未識豈爲疏。願以碧雲思。方君怨別餘。茂苑文華地。流水古僧居。何當一遊詠。倚閣吟躊躇。

贈舊識

少年遊太學，負氣蔑諸生。蹉跎三十載，今日海隅行。

復理西齋寄丘員外

前歲理西齋，得與君子同。迨兹已一周，悵望臨春風。始自疎林竹，還復長榛蘩。端正良難久，蕪穢易爲功。援斧開衆鬱，如師啟羣蒙。庭宇還清曠，煩抱亦舒通。海隅雨雪霽，春序風景融。時物方如故，懷賢思無窮。

和張舍人夜直中書寄吏部劉員外

西垣草詔罷。南宮憶上才。月臨蘭殿出。凉自鳳池來。松桂生丹禁。鴛鷺集雲臺。託身各有所。相望徒徘徊。

和李二三王簿寄淮上綦毋三

滿城憐傲吏。終日賦新詩。請報淮陰客。春帆淚作期

寄二嚴 士良婺牧 士元郴牧

絲竹久已懶。今日遇君忺。打破蜘蛛千道網。總爲鶺鴒兩箇嚴。

韋蘇州集卷之三終

韋蘇州集卷之四

送別

李五席送李主簿歸西臺

請告嚴程盡。西歸道路寒。欲陪鷹隼集。猶戀鶺鴒單。洛邑人全少。嵩高雪尚殘。滿臺誰不故。報我在微官。

送崔押衙相州頃任內黃令

禮樂儒家子。英豪燕趙風。驅雞嘗理邑。走馬却

劉須溪云甚有氣味

又云聽人語如此有味

從戎白刃千夫闢黃金四海同嫖姚恩顧下諸將指揮中別路憐芳草歸心伴塞鴻鄴城新騎滿魏帝舊臺空望闕應懷戀遭時貴立功萬方如已靜何處欲輸忠

送宣城路錄事

江上宣城郡孤舟遠到時雲林謝家宅山水敬亭祠綱紀多閑日觀遊得賦詩都門且盡醉此別數年期

劉須溪云豈非上句耶

袁檮云觀此詩非太白不能當此二字謂作四賦

桂天祥云氣相眞朴如吳絲白紵服之便躰

劉須溪云此非太白不能當

顧東橋云此便與淵明荆軻篇相敵

送李十四山東遊一作山人東遊

聖朝有遺逸。披膽謁至尊。豈是貿榮寵。誓將救元元。權豪非所便。書奏寢禁門。高歌長安酒。忠憤不可吞。欻來客河洛。日與靜者論。濟世翻小事。丹砂駐精魂。東遊無復繫。梁楚多大藩。高論動侯伯。疎懷脫塵喧。送君都門野。飲我林中尊。立馬望東道。白雲滿梁園。踟躕欲何贈。空是平生言。

劉云畫道人意高處

送李二歸楚州時李季弟牧楚州被訟赴急

情人南楚别。復詠在原詩。忽此嗟岐路。還令泣素絲。風波朝夕遠。音信往來遲。好去扁舟客。青雲何處期。

送閻寀赴東川辟

冰炭俱可懷。孰云熱與寒。何如結髮友。不得攜手懽。晨登嚴霜野。送子天一端。祇承簡書命。俯仰豸角冠。上陟白雲嶠。下冥玄壑湍。離羣自有

鍾伯敬云情至

託。歷險得所安。當念反窮巷。登朝成慨嘆。

送令狐岫宰恩陽

大雪天地閉。羣山夜來晴。居家猶苦寒。子有千里行。行行安得辭。荷此蒲壁榮。賢豪爭追攀。飮餞出西京。樽酒豈不歡。暮春自有程。離人起視日。僕御促前征。逶遲歲已窮。當造巴子城。和風被草木。江水日夜清。從來知善政。離別慰友生。

送馮著受李廣州署爲録事

欝欝楊栁枝。蕭蕭征馬悲。送君灞陵岸。糾郡南海湄。名在翰墨場。羣公正追隨。如何從此去。千里萬里期。大海吞東南。橫嶺隔地維。建邦臨日域。温燠御四時。百國共臻奏。珍奇獻京師。富豪虞興戎。繩墨不易持。州伯荷天寵。（一作龍遷）還當翊丹墀。子爲門下生。終始豈見遺。所願酌貪泉。心不爲磷緇。上將翫國士。下以報渴饑。

送元倉曹歸廣陵

劉須溪云他人我許造次[illegible]通

官閑得去住。告別戀音徽。一作[illegible]。剩又可悲 舊國應無業。他鄉到是歸。楚山明月滿。淮甸夜鐘微。何處孤舟泊。遥遥心曲違。

送唐明府赴溧水 三任縣事

三為百里宰。已過十餘年。秪歎官如舊。旋聞邑屢遷。魚鹽濵海利。薑蔗傍湖田。到此安甿俗。琴堂又晏然。

喜於廣陵拜覲家兄奉送發還池州

青青連枝樹。苒苒久別離。客遊廣陵中。俱到若有期。俯仰叙存殁。哀腸發酸悲。收情且爲歡。累日不知饑。鳳駕多所迫。復當還歸池。長安三千里。歲晏獨何爲。南出登閶門。驚飈左右吹。所別諒非遠。要令心不怡。

送張八元秀才擢第往上都應制

决勝文場戰已酣。行應辟命復才堪。旅食不辭遊闕下。春衣未換報江南。天邊宿鳥生歸思。關外晴山滿夕嵐。立馬欲從何處別。都門楊柳正毵毵。

送張侍御祕書江左覲省

莫歎都門路。歸無駟馬車。繡衣猶在篋。一作蓬芸閣已觀書。沃野收紅稻。長江釣白魚。晨餐亦可薦。一作款名利欲何如。

賦得鼎門送盧耿赴任

名因定鼎地。門對鑿龍山。水北樓臺近。城南車馬還。稍開芳野靜。欲掩暮鐘閑。去此無嗟屈。前賢尚抱關。

賦得浮雲起離色送鄭述誠

遊子欲言去。浮雲那得知。偏能見行色。自是獨傷離。晚帶城遥暗。秋生峯高奇。還因朔吹斷。疋馬與相隨。

餞雍聿之潞洲謁李中丞

鬱鬱兩相遇。出門草青青。酒酣拔劒舞。慷慨送子行。驅馬涉大河。日暮懷洛京。前登太行路。志士亦未平。薄遊五府都。高步振英聲。主人才且賢。重士百金輕。絲竹促飛觴。夜讌達晨星。娛樂易淹暮。諒在執高情。

上東門會送李幼舉南遊徐方

離絃既罷彈。罇酒亦已闌。聽我歌一曲。南徐在雲端。雲端雖云邈。行路本非難。諸侯皆愛才。公子遠結歡。濟濟都門宴。將去復盤桓。令姿何昂昻。良馬遠遊冠。意氣且爲別。由來非所歎。

送洛陽韓丞東遊

仙鳥何飄飖。綠衣翠爲襟。顧我差池羽。咬咬懷好音。徘徊洛陽中。遊戲清川潯。神交不在結。歡愛自中心。駕言忽徂征。雲路邈且深。朝遊尚同啄。夕息當異林。出餞宿東郊。列筵屬城陰。舉酒欲爲樂。憂懷方沉沉。

送鄭長源

劉須溪云起十字自好

顧東橋云送情

少年一相見（一作洋）飛轡河洛間歡遊不知罷中路忽言還泠泠鵾絃哀悄悄冬夜閑丈夫雖耿介遠別多苦顏君行拜高堂速駕難久攀鷄鳴儔侶發朔雪滿河關須臾在今夕罇酌且循環

送李儋

別離何從生乃在親愛中反念行路子拂衣自西東日昃不留宴嚴車出崇墉行（一作假）遊非所樂端（一作端憂道未豐）憂道未通春野百卉發清川思無窮芳時坐離

頗東橋云詠物更無此篇

散。世事誰可同。歸當掩重關。默默想音容。

賦得暮雨送李冑 一作渭

楚江微雨裏。建業暮鍾時。漠漠帆來重。冥冥鳥去遲。海門深不見。浦樹遠含滋。相送情無限。沾襟比散絲。

留別洛京親友

握手出都門。駕言適京師。豈不懷舊廬。惆悵與子辭。麗日坐高閣。淸觴䜩華池。昨遊倏已過。後

劉須溪云此等亦味外味
又云無一句不合路遠句尤極情閑作者可仰

遇良未知。念結路方永。歲陰野無暉。單車我當前（一作衣）暮雪子獨歸。臨流（一云漸遠）一相望。零淚忽沾衣。

賦得沙際路送從叔象

獨樹沙邊人跡稀。欲行愁遠暮鍾時。野泉幾處侵應盡。不遇山僧知問誰。

送榆次林明府

無嗟千里遠。亦是宰王畿。策馬雨中去。逢人關（頗云呈送書難）外稀。邑傳榆石在。路遠晉山微。別思方蕭索。新秋一葉飛。

雜言送黎六郎　壽陽公之子

冰壺見底未爲清。少年如玉有詩名。聞話嵩峯多野寺。不嫌黃綬向陽城。朱門嚴訓朝辭去。騎出東郊滿飛絮。河南庭下拜府君。陽城歸路山氛氳。山氛氳。長不見。釣臺水淥荷已生。少姨廟寒花始徧。縣閑吏傲與塵隔。移竹疏泉常岸幘。莫言去作折腰官。豈似長安折腰客。

天長寺上方別子西有道時任京兆府功曹攝高陵宰別田曹盧庫戶曹韓質田丙有作

假邑非拙素。況乃別伊人。聊登釋氏居。攜手戀一作念茲晨。高曠出塵表。逍遙滌心神。青山對芳苑。列樹遶一作盈通津。車馬無時絕。行子倦風塵。今當遵往路。佇立欲何申。唯持貞白志。以慰心所親。

送黎六郎赴陽翟少府

試吏向嵩陽。春山躑躅芳。腰垂新綬色。衣滿舊

劉須溪云自以為幽致不甚可拔雖家門前與此

又云却仍淺淺

芸香。香樹別時綠。客程關外長。秖應傳善政。日夕慰高堂。

送別覃孝廉

思親自當去。不第未蹉跎。家住青山下。門前芳草多。（一作流水）秭歸通遠徼。巫峽注驚波。州舉年年事。還期復幾何。

送開封盧少府

雄藩車馬地。作尉有光輝。滿席賓常侍。闐街煽

鍾伯敬云此語又非老人不知

譚友夏云無聊中寫出閒適

劉須溪云閑情婉約可愛

夜歸。關河征旆遠。煙樹夕陽微。到處無留滯。梁園花欲稀。

送槐廣落第歸揚州

下第常稱屈。少年心獨輕。拜親歸海畔。似舅得詩名。晚對青山別。遥尋芳草行。還期應不遠。寒露濕蕪城。

送汾城王主簿

少年初帶印。汾上又經過。芳草歸時徧。情人故

又云極濃麗而不賸粉情理入微

顧東橋云韋公獨步

劉須溪云如此世態尚可

郡多禁鐘春雨細宮樹（樹字妙）野煙和相望東橋別微風起夕波。

送澠池崔主簿

邑帶洛陽道年年應此行當時匹馬客今日縣人迎暮雨投關郡春風別帝城東西殊不遠朝夕待佳聲。

送顏司議使蜀訪圖書

軺駕一封急（一作傳）蜀門千嶺曛。詎分江轉字但見路

劉須溪云妙
顧東橋云作家
老手
又云何限沉挹

緣雲山館夜聽雨秋後獨斗羣無爲久留滯聖
主待遺文

奉送從兄宰晉陵

東郊暮草歇千里夏雲生立馬愁將夕看山獨
送行依微吳苑樹迢遞晉陵城慰此斷行別邑
人多頌聲

贈別河南李功曹宏辭登科拜官

耿耿抱私戚寥寥獨掩扉臨觴自不飲況與故

人、違、故人方琢磨。瓌朗代所稀。憲禮更右職文翰灑天機。聿（一作竭）來自東山。羣彥仰餘輝。談笑取高第。綰綬即言歸。洛都遊燕地。千里及芳扉。今朝章臺別。楊柳亦依依。雲霞未改色。山川猶夕暉。忽復不相見。心思亂霏霏。

送五經趙隨登科授廣德尉

明經有清秩。當在、石渠中。獨往宣城郡。高齋謁謝公。寒、原、正、蕪、漫（一作漫）。夕、鳥、自西東。秋日不堪別。淒

顧東橋云如此詩亦近晉宋劉須溪云曲折情景甚至

淒多朔風。

宴別幼遐與君貺兄弟

乖闕（一作乖濶）意方弭（一作矣）。安知忽來翔。累日重歡宴。一旦復離傷。置酒慰茲夕。秉燭坐華堂。契闊未及展。晨星出東方。征人慘已辭。車馬儼成裝（一作乘）。我懷自無歡。原野滿春光（一作芳）。羣水含時澤。野雉鳴朝陽。平生有壯志。不覺淚霑裳。況自守空宇。日夕但彷徨。

送宣州周錄事

清時重儒士。糾郡屬伊人。薄遊長安中。始得一交親。英豪若雲集。餞別塞城闉。高駕臨長路。日夕起風塵。方念清宵宴。巳度芳林春。從茲一分手。緬邈吳與秦。但覩年運駛。安知後會因。唯當存令德。可以解悁勤。

謝櫟陽令歸西郊贈別諸友生

結髮仕(一作事)州縣。蹉跎在文墨。徒有排雲心。何由生羽翼。幸遭明盛日。萬物蒙生植。獨此抱微痾。顏然謝斯職。大曆十四年六月二十三日自鄠縣制除櫟陽令以疾辭歸善福精舍七月二十日賦此詩　世道方荏苒。郊園思偃息。爲歡日已延。君子情未極。馳一作驅馳觴忽云晏。高論良難測。遊步清郡宫。迎風嘉樹側。晨起西郊道。原野分黍稷。自樂陶唐人。服勤在微力。佇君列丹陛。出處兩爲得。

送端東行

一作世事留清白世承清白遺。躬服古人言。從官俱守道。歸來共閉門。驅車何處去。暮雪滿平原。

送姚孫還河中

上國旅遊罷。故園生事微。風塵滿路起。行人何處歸。留思芳樹飲。惜別暮春暉。幾日投關郡。河山對掩扉。

始除尚書郎別善福精舍建中二年四月十九日自前櫟陽令除尚書比部員外郎

簡略非世器。委身同草木。逍遥精舍居。飲酒自

爲足。累日曾一櫛。對書常懶讀。社臘會高年。山
川恣遊矚。明世方選士。中朝懸美祿。除書忽到
門。冠帶便拘束。愧忝郎署跡。謬蒙君子録。俯仰
垂華纓。飄颻翔輕轂。行將親愛別。戀此西澗曲。
遠峯明夕川夏雨生衆綠迅風飄野路。一作吹桂路迴首不
遑宿。明晨下煙閣。白雲在幽谷。

送常侍御却使西蕃

歸奏聖朝行萬里。却銜天詔報蕃臣。本是諸生

守文墨。令將匹馬靜烟塵。旅宿關河逢暮雨。春耕亭鄣識遺民。此去多應收故地。寧辭沙塞往來頻。

送郗詹事

聖朝列羣彥。穆穆佐休明。君子獨知止。懸車守國程。忠良信舊德。文學播英聲。旣獲天爵美。況將齒位并。書奏蒙省察。命駕乃東征。皇恩賜印綬。歸爲田里榮。朝野同稱嘆。園綺嚮齊名。長衢軒蓋集。飲餞出西京。時屬春陽節。草木已含英。洛川當盛宴。斯焉爲達生。

送蘇評事

季弟仕譙都。元兄坐蘭省。言訪始忻忻。念離當耿耿。嵯峩夏雲起。迢遞山川永。登高望去塵。紛思終難整。一作騖

送李侍御益赴幽州幕

二十揮篇翰。三十窮典墳。辟書五府至。名爲四

海聞。始從車騎幕。今赴嫖姚軍。契闊晚相遇。草慼遽離羣。悠悠行子遠。眇眇川塗分。登高望燕代。日夕生夏雲。司徒擁精甲。誓將除國氛。儒生幸持斧。可以佐功勳。無言羽書急。坐闕相思文。

自尚書郎出爲滁州刺史留別朋友兼示諸弟

少年不遠仕。秉笏東西京。中歲守淮郡。奉命乃征行。素慙省閣姿。況忝符竹榮。效愚方此始。顧私豈獲并。徘徊親交戀。愴悵昆友情。日暮風雪

起我去于還城登塗建隼旟勒駕望承明雲臺煥中天龍闕鬱上征晨興奉早朝玉露霑華纓一朝從此去服膺理庶甿皇恩儻歲月歸復厠羣英

送元錫楊凌

荒林翳山郭積水成秋晦端居意自違況別親與愛歡筵慊未足離燈悄已對還當掩郡閣佇君方此會

送楊氏女

永日方慼慼。出門復悠悠。女子今有行。大江泝輕舟。爾輩况無恃。撫念益慈柔。幼爲長所育。幼女爲楊氏所撫育兩別泣不休。對此結中腸。義往難復留。自小闕內訓。事姑貽我憂。賴兹託令門。仁恤庶無尤。貧儉誠所尚。資從豈待一作在周。孝恭遵婦道。容止順其猷。别離在今晨。見爾當何秋。居閑始自遣。臨感忽難收。歸來視幼女。零淚緣纓流。

送中弟

秋風入一作滿。疎戶，離人起晨朝。山郡多風雨。西樓更蕭條。嗟予淮海老。送子關河遥。同來不同去。沉憂寧復消。

寄別李儋

首戴惠文冠。心有决勝籌。翩翩四五騎。結束向并州。名在相公幕。一作府。丘山恩未酬。妻子不及顧。親友安得留。夙昔同文翰。交分共綢繆。忽枉別離札。涕淚一交流。遠郡臥殘疾。凉氣滿西樓。想子臨長路。時當淮海秋。

送倉部蕭員外院長存

襆被蹉跎老江國。情人邂逅此相逢。不隨鵷鷺朝天去。遥想蓬來臺閣重。

送王校書

同宿高齋換時節。共看移石復栽杉。送君江浦已惆悵。更上西樓望遠帆。

送丘員外還山

長棲白雲表，暫訪高齋宿。還辭郡邑諠，歸泛松江淥。結茅隱蒼嶺，伐薪響深谷。同是山中人，不知往來躅。靈芝非庭草，遼鶴委（一作田）池鶩。終當署里門，一表高陽族。

重送丘二十二還臨平山居

歲中始再覯，方來又解攜。纔留野艇語，已憶故山棲。幽澗人夜汲，深林鳥長啼。還持郡齋酒，慰子霜露淒。

送鄭端公弟移院常州

時瞻憲臣重。禮爲內兄全。公程儻見責。私愛信不僽。況昔陪朝列。今茲俱海壖。清觴方對酌。（一作設燕）天書忽告遷。豈徒咫尺地。使我心思綿。應當自此始。歸拜雲臺前。

送房杭州 孺復

專城未四十。暫謫豈蹉跎。風雨吳門夜。惻愴別情多。

送陸侍御還越

居藩久不樂。遇子聊一欣。英聲頗籍甚。交辟迺時珍。繡衣過舊里。驄馬輝四鄰。一作光輝照四鄰敬恭尊郡守。牋簡具州民。謬忝誠所媿。思懷方見申。置榻宿清夜。加籩醼良辰。遵塗還盛府。行舫遶長津。自有賢方伯。得此文翰賓。

聽江笛送陸侍御同丘員外賦題

遠聽江上笛。臨觴一送君。還愁獨宿夜。更向郡齋聞。

送丘員外歸山居

郡閣始嘉宴。青山憶舊居。爲君量革屐。且願住藍轝。

送崔叔清遊越

忘茲適越意。愛我郡齋幽。野情豈好謁。詩興一相留。遠水帶寒樹。閶門望去舟。方伯憐文士。無爲成滯遊。

送雲陽鄒儒立少府侍奉還京師

建中即藩守。天寶爲侍臣。歷觀兩都士。多閱諸侯人。鄒生乃後來英俊亦罕倫。爲文頗瓌麗。稟度自貞醇。甲科推令名。延閣播芳塵。再命趨王畿。請告奉慈親。一鍾信榮祿。可以展歡欣。昆弟俱時秀。長衢當自伸。聊從郡閣暇。美此時景新。方將極娛宴。一作樂後乃離人巳復及離辰。省署慙再入。江海綿十春。今日閶門路。握手子歸秦。

送豆盧策秀才

歲交氷未泮。（一作水始泮又作氷水泮）地卑海氣昏。子有京師遊。始發吳閶門。新黃含遠林。微綠生陳根。詩人感時節。行道當憂煩。古來蔓落者。俱不事田園。文如金石韻。豈之知音言。方辭郡齋榻。爲酌離亭罇。無爲（一作已）惓羇旅。一去高飛翻。

送王卿

別酌春林啼鳥稀。雙旌背日晚風吹。却憶回來花巳盡。東郊立馬望城池。

送劉評事

聲華滿京洛。藻翰發陽春。未遂鵷鴻舉。尚爲江海賓。吳中高宴罷。西上一遊秦。已想函關道。遊子冐風塵。籠禽羨歸翼。遠守懷交親。況復歲云暮。凛凛冰霜辰。旭霽開郡閣。寵餞集文人。洞庭摘朱實。松江獻白鱗。丈夫豈恨別。一酌且歡忻。

送雷監赴闕庭

才大無不備。出入爲時須。雄藩精理行。秘府擢文儒。詔書忽巳至。焉得又踟躕。方舟趁朝謁。觀者盈路衢。廣筵列衆賔。送爵無停迂。攀餞誠愴恨。賀榮且歡娱。長陪栢梁宴。日向丹墀趨。時方重右職。蹉跎獨海隅。

送秦系赴潤州

近作新婚鑷白鬚。長懷舊卷映藍衫。更欲携君虎丘寺。不知方伯望征帆。

韋蘇州集卷之四終

韋蘇州集卷之五

詶答

期盧嵩枉書稱日暮無馬不赴以詩答

佳期不可失。終願枉衡門。南陌人猶度。西林日未昏。庭前空倚杖。花裡獨留樽。莫道無來駕。知君有短轅。

任洛陽丞答前長安田少府問

相逢且對酒。相問欲何如。數歲猶卑吏。家人笑著書告歸應未得。榮宦又知疏。日日生春草。空令憶舊居。

假中枉盧二十二書亦稱臥疾兼訝李二久不訪問以詩答書因以戲李二

微官何事勞趨走。服藥閑眠養不才。花裡棊盤憎鳥汚。枕邊書卷訝風開。故人問訊緣同病。芳月相思阻一杯。應笑王戎成俗物。遙持麈尾獨徘徊。

詶盧嵩秋夜見寄五韻

喬木生夜凉。月華滿前墀。去君咫尺地。勞君千里思。一作萬里素秉棲遁志。况貽招隱詩。坐見林木榮。願赴滄洲期。何能待歲晏。攜手當此時。盧詩云歲晏以爲期

詶鄭戶曹驪山感懷

蒼山何鬱盤。飛閣凌上清。先帝昔好道。下元朝百靈。白雲已蕭條。麋鹿但縱橫。泉水今尚暖。舊林亦青青。我念綺襦歲。扈從當太平。小臣職前

驅。馳道出灞亭。翻翻日月旗。殷殷鼙鼓聲。萬馬自騰驤。八駿按鑾行。日出煙嶠綠。氛氳麗層甍。登臨起遐想。沐浴懽聖情。朝燕詠無事。時豐賀國禎。日和絃管音。下使萬室聽。海內湊朝貢。賢愚共歡榮。合沓車馬喧。西聞長安城。事往世如寄。感深迹所經。申章報蘭藻。一望雙涕零。

答李瀚三首

孤客逢春暮。緘情寄舊遊。海隅人使遠。書到洛陽秋。

馬卿猶有壁。漁父自無家。想子今何處。扁舟隱荻花。

林中觀易罷。溪上對鷗閑。楚俗饒辭客。何人最往還。

詶郴郎中春日歸揚州南郭見別之作

廣陵三月花正開。花裡逢君醉一迴。南北相過殊不遠。暮潮從去早潮來。

酬豆盧倉曹題庫壁見示

掾局勞才子。新詩動洛川。運籌知決勝。聚米似論邊。宴罷常分騎。晨趨又比肩。莫嗟年鬓改。郎署定推先。

酬李儋

開門臨廣陌。旭旦車駕喧。不見同心友。徘徊憂且煩。都城二十里。居在艮與坤。人生所各務。乖閼累朝昏。湛湛樽中酒。青青芳樹園。緘情未及發。先此枉璵璠。遁世超（一作觸）高躅。尋流得眞源。明當策疲馬。與子同笑言。

酬元偉過洛陽夜讌

三載寄關東。所懽皆遠違。思懷方耿耿。忽得觀容輝。親燕在良夜。歡携闕中闈。問我猶杜門。不能奮高飛。明燈照四隅。炎炭正可依。清觴雖云酣。所娛之珍肥。晨裝復當行。寥落星已稀。何以慰心曲。佇子西還歸。

訓韓質舟行阻凍

晨坐枉嘉藻。持此慰寢興。中獲辛苦奏。長河結隂氷。皓曜羣玉發。凄清孤景凝一作澄。至柔反成堅。造化安可恒。方舟未得行。鑿飲空兢兢。苦寒彌時節。待泮豈所能。何必涉廣川。荒衢且升騰。殷勤宣中意。庶用達吾朋。

李博士弟以余罷官居同德精舍共有伊陸名山之期久而未去枉詩見問中云

宋生昔登鑒末云那能顧蓬蓽直寄鄙懷聊以爲答

初夏息衆緣。雙林對禪客。枉茲芳蘭藻。促我幽人策。冥搜企前哲。逸句陳往迹。髣髴陸渾南。迢遞千峰碧。從來遲高駕。自顧無物役。山水心所娛。如何更朝夕。晨興涉清洛。訪子高陽宅。莫言往來踈。駑馬知阡陌。

寄詶李博士永寧主簿叔廳見待

解鞅先幾日。欵曲見新詩。定向公堂醉。遥憐獨去時。葉雲寒雨落。鍾度遠山遲。晨策已云整。當同林下期。

答令狐士曹獨孤兵曹聯騎暮歸望山見寄

共愛青山住近南。行牽吏役背雙驂。枉書獨宿對流水。遥羨歸時滿夕嵐。

答李博士

休沐去人遠。高齋出林杪。晴山多碧峰。顥氣疑秋曉。端居喜良友。枉使千里路。緘書當夏時。開緘時已度。簷鶵已飄颻。荷露方蕭颯。夢遠竹窗幽。行稀蘭徑合。舊居共南北。往來只如昨。問君今爲誰。日夕度清洛。

答劉西曹 時爲京兆功曹

公館夜云寂。微涼羣樹秋。西曹得時彥。華月共淹留。長嘯舉清觴。志氣誰與儔。千齡事雖邈。俯念忽已周。篇翰如雲興。京洛頗優游。詮文不獨占。理妙郎同流。淺劣見推許。恐爲識者尤。空慙文璧贈。日夕不能詶。

答貢士黎逢 時任京兆功曹

茂等〔一作才〕方上達。諸生安可希。棲神澹物表。渙汗布令詞。如彼崑山玉。本自有光輝。鄙人徒區區。稱嘆亦何爲。彌月曠不接。公門〔一作役〕但驅馳。蘭章忽有贈。持用慰所思。不見心尚密〔一作微密〕。況當相見時。

答韓庫部

良玉表貞度。麗藻頗爲工。名列金閨籍。心與素士同。日晏下朝來車馬自生風。清宵有佳興。皓月直南宮。矯翮方上征。顧我邈忡忡。豈不願攀舉。執事府庭中。智乖時亦蹇。才大命有通（一作遇）。還當以道推。解組守蒿蓬。

答崔主簿倬

朗月分林靄。遙管動離聲。故歡良已阻。空宇澹

楊用修曰極其工緻不點雪二字尤新

無情。窈窕雲鴈没。蒼茫河漢横。蘭章不可答。冲襟徒自盈。

答徐秀才

鉛鈍謝貞器。時秀猥見稱。豈如白玉仙（一作仙山鶴）。方與紫霞升。淸詩舞艷雪。孤抱瑩玄氷。一枝非所貴。懷書思武陵（一云懷書且茂陵）

答東林道士

紫閣西邊第幾峰。茅齋夜雪虎行蹤。遥看黛色

知何處。欲出山門尋暮鐘。一作跌向西山尋暮鐘

答長寧令楊轍

皓月升林表。公堂滿清輝。嘉賓自遠至。觴飲夜何其。宰邑視京縣。歸來無寸資。瓌文溢衆寶。雅正得吾師。廣川含澄瀾。一作芳茂樹擢華滋。短才何足數。枉贈媿妍詞。歡眄良見屬。素懷亦巳披。何意雲栖翰。不嫌蓬艾卑。但恐河漢没。回車首路岐。

答馮魯秀才

晨坐枉瓊藻。知子返中林。澹然山景晏。泉谷響幽禽。髣髴謝塵跡。逍遥舒道心。顧我腰間綬。端爲華髪侵。簿書勞應對。篇翰曠不尋。薄田失鋤耨。生苗安可任。徒令慙所問。想望東山岑。

答崔主簿問兼簡温上人

縁情生衆累。晩悟依道流。諸境一已寂。了將身世浮。閑居澹無味。忽復四時周。靡靡芳草積。稍稍新篁抽。即此抱餘素。塊然誠寡儔。自適一忻意。愧蒙君子憂。

清都觀答幼遐

逍遥仙家子。日夕朝玉皇。興高清露没。渴飲瓊華漿。解組一來款。披衣拂天香。粲然顧我笑。緑簡發新章。泠泠如玉音一作倩。馥馥若蘭芳。浩意坐盈此。月華殊未央。郤念誼譁日。何由得清涼。疎松抗一作扤高殿。密竹陰長廊。榮名等糞土。携手隨風翔。

善福精舍答韓司録清都觀會宴見憶

弱志厭衆紛。抱素寄精廬。皦皦仰時彥。悶悶獨爲愚。之子亦辭秋。高蹤罷馳驅。忽因西飛禽。贈我以瓊琚。始表仙都集。復言歡樂殊。人生各有因。契濶不獲俱。一來田野中。日與人事疎。水木澄秋景。逍遥清賞餘。枉駕懷前諾。引領豈斯須。一作清虚

無爲便高翔。邈矣不可迂。

答長安丞裴稅

出身忝時士。於世本無機。爰以林壑趣。遂成頑

鈍姿。臨流意已淒。采菊露未稀。舉頭見秋山。萬事都若遺。獨踐幽人蹤。邈將親友違。髦士佐京邑。懷念枉貞詞。久雨積幽抱。清罇宴良知。從容操劇務。文翰方見推。安能戢羽翼。顧此林棲時。

奉詶處士叔見示

挂纓守貧賤。積雪臥郊園。叔父親降趾。壺觴携到門。高齋樂燕罷。清夜道心存。即此同疎氏。可以一忘言。

答庫部韓郎中

高士不羇世。頗將榮辱齊。適委華冕去。欲還幽林栖。雖懷承明戀。忻與物累暌。逍遥觀運流。誰復識端倪。而我豈高致(一作緻)。偃息平門西。愚者世所遺。沮溺共耕犂。風雪積深夜。園田掩荒蹊。幸蒙相思札。款曲期見携。

答暢校書當

偶然棄官去。投跡在田中。日出照茅屋。園林養(一作種圃)

鍾伯敬云亦以其氣韻淳古取

似陶不在致其
清響
鍾伯敬云學

愚蒙。雖云無一資。罇酌會不空。且忻百穀成。仰嘆造化功。出入與民伍。作事靡不同。時伐南澗竹。夜還澧水東。貧寒自成退。豈爲高人蹤。覽君金玉篇。彩色發我容。（一作蒙）日日欲爲報。（一作賦）方春已徂冬。

答崔都水

深夜竹庭雪。孤燈案上書。不遇無爲化。（一作法）誰復得閑居。

詶令狐司録善福精舍見贈

野寺望山雪。空齋對竹林。我以養愚地。生君道者心。

澧上精舍答趙氏外生伉

遠跡出塵表。寓身雙樹林。如何小子伉(一作承)亦有超世心。擔書從我遊。攜手廣川陰。雲開夏郊綠景晏青山沈。對榻遇清夜。獻詩合(一作全)雅音。所推荀禮數。於性道豈深。隱拙在冲默。經世昧古今。無爲率爾言。可以致華簪。

答趙氏生伉

暫與雲林別。忽陪鴛鷺翔。看山不得去。知爾獨相望。

答端

郊園夏雨歇。閑院綠陰生。職事方無效。幽賞獨違情。物色坐如見。離抱悵多盈。况感夕凉氣。聞此亂蟬鳴。

答史館張學士段柳庶子學士集賢院看

花見寄兼呈柳學士

班揚秉文史。對院自爲鄰。餘香掩閣去。遲日看花頻。似雪飄閶闔。從風點近臣。南宮有芳樹。不並禁垣春。

答王郎中

卧閤枉芳藻。覽旨悵秋晨。守郡猶羈寓。無以慰嘉賓。野曠歸雲盡。天清曉露新。池荷凉已至。窻梧落漸頻。風物殊京國。邑里但荒榛。賦繁屬軍

興。政拙愧斯人。髦士久臺閣。中路一漂淪。歸當
列盛朝。豈念臥淮濱。

崔都水

亭亭心中人。迢迢居秦關。常緘素札去。適枉華
章還。憶在澧郊時。携手望秋山。久嫌官府勞。初
喜罷秩閑。終年不事業。寢食長慵頑。不知爲時
來。名籍挂郎間。攝衣辭田里。華簪耀顏顏。卜居
又依仁。日夕正追攀。牧人本無術。命至苟復遷

離念積歲序。歸途眇山川。郡齋有佳月。園林含清泉。同心不在宴。罇酒徒盈前。覽君陳跡遊。詞意俱悽妍。忽忽已終日。將謝不能宣。旰稅況重疊。公門極熬煎。責逋甘首免。（一作遞）歲晏當歸田。勿厭守窮轍。（一作賤）愼爲名所牽。

答王卿送別

去馬嘶春草。歸人立夕陽。元知數日別。要使兩情傷。

答裴丞說歸京所獻

執事頗勤久。行去亦傷乖。家貧無僮僕。吏卒升寢齋。衣服藏內篋藥草曝前階。誰復知次第。濩落且安排。還期在歲晏。何以慰吾懷。

答裴處士

遺民愛精舍。乘犢入青山。來署高陽里。不遇白衣還。禮賢方化俗。聞風自款關。況子逸羣士。栖息蓬蒿間。

答楊奉禮

多病守山郡。自得接佳賓。不見三四日。曠若十餘旬。臨觴獨無味。對榻已生塵。一咏舟中作。灑雪忽驚新。煙波見棲旅。景物具昭陳。秋塘唯落葉。野寺不逢人。白事廷吏簡。閑居文墨親。高天池閣靜。寒菊霜露頻。應當整孤棹。歸來展殷勤。

答端

坐憶故園人已老。寧知遠郡鴈還來。長瞻西北是歸路。獨上城樓日幾廻。

答僩奴重陽二甥（僩奴趙氏甥伉 重陽崔氏甥播）

弃職曾守拙。翫幽遂忘喧。山澗依磽埆。竹樹蔭清源。貧居煙火濕（一作絶）歲熟梨棗繁。風雨飄茅屋。蒿草沒瓜園。羣屬相歡悅。不覺過朝昏。有時看禾黍。落日上秋原。飲酒任眞性。揮筆肆狂言。一朝忝蘭省。三載居遠藩。復與諸弟子。篇翰每相敦。西園休習射。南池對芳罇。山藥（一作樹）經雨碧。海榴凌霜黻。念爾不同此。悵然復一論。重陽守故家。倜子旅湘沅。俱有緘中藻。惻惻動離魂。不知何日見。衣上淚空存。

答重陽

省札陳往事。愴憶數年中。一身朝北闕。家累守田農。望山亦臨水。暇日每來同。性情一疎散。園林多淸風。忽復隔淮海。夢想在澧東。病來經時節。起見秋塘空。城郭連榛嶺。鳥雀噪溝叢。坐使驚霜鬢。撩亂已如蓬。

詶劉侍郎使君

瓊樹凌霜雪。葱蒨如芳春。英賢雖出守。本自玉階人。宿昔陪郎署。出入仰清塵。孰云俱列郡。比德豈爲鄰。風雨飄海氣。清涼悦心神。重門深夏晝。賦詩延衆賓。方以歲月舊。每蒙君子親。繼作郡齋什。遠贈荆山珍。高閑庶務理。遊眺景物新。朋友亦遠集。燕酌在佳辰。始唱已慙拙。將酬益難俛濡毫意僶俛。一用寫悁勤。

答令狐侍郎

一凶迺一吉。一是復一非。孰能逃斯理。亮在識其微。三黜故無慍。高賢當庶幾。但以親交戀。音容邈難希。况惜别離久。俱忻藩守歸。朔晏方陪厠。山川又乖違。吳、、、、、。霧、、、、、。同會在京國。相望涕沾衣。明時重英才。當復列彤闈。白玉雖塵垢。拂拭還光輝。

詶張協律

昔人鬻春地。今人復一賢。屬余藩守日。方今卧病年。麗思阻文宴。芳蹤闕賓筵。經時豈不懷。欲徃事屢乖。公府適煩倦。開緘瑩新篇。非將握中寶。何以比其姸。感茲棲寓詞。想復痾瘵纏。空宇風霜交。幽居情思綿。當以貧非病。孰云白未玄。邑中有其人。憔悴卽我愆。由來牧守重。英俊得薦延。匪人等鴻毛。斯道何由宣。遭時無早晚。蘊器俟良緣。觀文心未衰。勿藥疾當瘥。晨期簡牘罷。馳慰子冲然。

答秦十四校書

知掩山扉三十秋。魚鬚翠碧弃牀頭。莫道謝公方在郡。五言今日爲君休。

答賓

斜月纔鑒帷。凝霜偏冷枕。持情須耿耿。故作單牀寢。

黄山谷云余比見右軍一帖云奉橘三百枚霜未降不可多得蘇州蓋取諸此

答鄭騎曹青橘絶句

憐君卧病思新橘。試摘猶酸亦未黄。書後欲題三百顆。洞庭須待滿林霜。

奉賀聖製重陽日賜宴

聖心憂萬國。端居在穆清。玄功致海晏。錫讌表文明。恩屬重陽節。雨應此時晴。寒菊生池苑。高樹出宮城。捧藻千官處。垂戒百王程。復覩開元日。臣愚獻頌聲。

和吳舍人早春歸沐西亭言志

曉漏戒中禁。清香肅朝衣。一門雙掌誥。伯侍仲（一作伯仲侍）言歸。亭高性情曠。職密交遊稀。賦詩樂無事。解帯偃南扉。陽春美時澤。旭霽望山暉。幽禽（一作好鳥出）響未轉。東原緑猶微。名雖列仙爵。心已遣（一作遺）塵機。郎事同巖隱。聖渥良難違。

奉和張大夫戲示青山郎

天生逸世姿。竹馬不曾騎。覽卷冰將釋。援毫露欲垂金貂傳幾葉。玉樹長新枝。榮祿何妨早。甘羅亦小兒。

答河南李士巽題香山寺

洛都游宦日。少年攜手行。投杯起芳席。總轡振華纓。關塞有佳氣。巖開伊水清。攀林憩佛寺。登高望都城。蹉跎二十載。世務各所營。茲賞長在夢。故人安得并。前歲守九江。恩召赴咸京。因塗再登歷。山河屬晴明。寂寞僧侶少。蒼茫林木成墻宇或崩剥。不見舊題名。舊遊況存殁。獨此淚交横。交横誰與同。書壁貽友生。今茲守吳郡。綿思方未平。子復經陳迹。一感我深情。遠蒙惻愴篇。中有金玉聲。反覆終難答。金玉尚爲輕。

答故人見諭

素寡名利心。自非周圓器。徒以歲月資。屢蒙藩條寄。時風重書札。物情敦貨遺。機杼十縑單。慵疎百函愧。常負交親責。且爲一官累。況本濩落人。歸無置錐地。省已已知非。枉書見深致。雖欲效區區。何由枉其志。

詶閻員外陟

寒夜阻良覿。叢竹想幽居。虎符予已誤。金丹子何如。釀集觀農暇。笙歌聽訟餘。雖蒙一言教。自愧道情疎。

逢遇

長安遇馮著

劉須溪曰不識詩者亦知是好

客從東方來衣上灞陵雨問客何爲來（一作来何為）采山因買斧冥冥花正開（一作満）颺颺鷰新乳昨別今已春鬢絲生幾縷

將發楚州經寶應縣訪李二忽於州館相遇月夜書事因簡李寶應

孤舟欲夜發秪爲訪情人此地忽相遇留連意更新停杯嗟別久對月言家貧一問臨卭令如何待上賓

廣陵遇孟九雲卿

雄藩本帝都，游士多俊賢。夾河樹鬱鬱，華館千里連。新知雖滿堂，中意頗未宣。忽逢翰林友，歡樂斗酒前。高文激頹波，四海靡不傳。西施且一笑，衆女安得妍。明月滿淮海，哀鴻逝長天。所念京國遠，我來君欲還。一作猶還一作又旋

淮上遇洛陽李主簿

結茅臨古渡，卧見長淮流。窗裏人將老，門前樹

劉須溪曰談〻如不自惜寫得

巴秋寒山獨過鴈暮雨遠來舟日夕逢歸客那能忘舊遊

路逢崔元二侍御避馬見招以詩戲贈

一臺稱二妙歸路望行塵俱是攀龍客空爲避馬人見招翻跼蹐相問良殷勤日日吟趨府彈冠豈有因

逢楊開府 蔣常之曰或云韋乃韋后之族憑恃恩私作里中横故韋逢楊開府詩云云夫武皇平内亂殺韋后不應后之族豪横若此恐正非后族爾李肇國史補言應物性高潔鮮食寡欲所居焚香掃地而坐與此詩所述不同豈非武皇仙去之後折節悔過之時耶

少事武皇帝無賴恃恩私身作里中横家藏亡

使氣動讒見者彷彿大白亦云托身白刃裡殺人紅塵中又曰儁得奇怪隊伏逼真舊風詩話登以為不韻蘇州平生不知其所若轉旋正在武皇升仙起興能令讀者隨淚又云收拾憐恰自不在多

顧東橋曰便不

命兒朝持樗蒲局暮竊東隣姬司隷不敢捕立在白玉墀驪山風雪夜長楊羽獵時一字都不識飲酒肆頑癡武皇升仙去憔悴被人欺讀書事已晚把筆學題詩兩府始收跡南宮謬見推劉云雖出于未然正是從俗非才果不容出守撫嫈嫠忽逢楊開府論舊涕俱垂坐客何由識唯有故人知顧東橋云何自謙乃爾

休假日訪王侍御不遇

九日驅馳一日閑尋君不遇又空還怅來詩思

清人骨門對寒流雪滿山

因省風俗訪道士侄不見題壁

去年澗水今亦流去年杏花今又拆山人歸來

問是誰還是去年行春客

韋蘇州集卷之五終

劉須溪曰只結句十字神意備然得于実境尋其上四語則頂

韋蘇州集卷之六

懷思

有所思

借問堤上柳。青青爲誰春。空遊昨日地。不見昨日人。繚繞萬家井。往來車馬塵。莫道無相識。要非心所親。

暮相思

鍾伯敬云覺多一字不得
譚友夏云俱在言外

朝出自不還。暮歸花盡發。豈無終日會。惜此花

題不能待，故題曰慕相思。彼何知作者用心苦耶

劉須溪曰：苦語不自覺。

間月空館。忽相思。微鐘坐來歇。来或作求　顧東橋曰：留此不盡之意

夏夜憶盧嵩

靄靄高館暮。開軒滌煩襟。不知湘雨來。瀟灑在幽林。一作不知微蕭洒山鳥鳴幽林炎月得涼夜。芳罇誰與斟。故人南北居。累月間徽音。人生無間日。歡會當在今。反側候天旦。層城苦沉沉。

春思

野花如雪繞江城。坐見年芳憶帝京。閭闔曉開

劉須溪曰讀蘇州詩如讀道書

換碧樹。曾陪鴛鷺聽流鶯。

春中憶元二

雨歇萬井春柔條已含綠。徘徊洛陽陌。惆悵杜陵曲。游絲正高下。啼鳥還斷續。有酒今不同。思君瑩如玉。

懷素友子西

廣陌並遊騎。公堂接華襟。方歡遽見別。永日獨沈吟。階暝流暗馳。氣疎露已侵。層城湛深夜。片月生幽林。徃欵良未遂。來覿曠無音。恒當淸觴宴。思子玉山岑。耿耿何以寫。密言空委心。

對韓少尹所贈硯有懷

故人謫遐遠。畱硯寵斯文。白水浮香墨。淸池滿夏雲。念離心已永。感物思徒紛。未有桂陽使。裁書一報君。

月晦憶去年與親友曲水遊讌

晦賞念前歳。京國結良儔。騎出宣平里。飲對曲池流。今朝隔天末。空園傷獨遊。雨歇林光變。塘綠鳥聲幽。凋。眄積遒稅華。鬒集新秋。誰言戀虎符。終當還舊丘。

清明日憶諸弟

冷食方多病。開襟一忻然。終令思故郡。煙火滿晴川。杏粥猶堪食。榆羹已稍煎。唯恨乖親燕。坐度此芳年。

池上懷王卿

山居捐世事。佳雨散園芳。入門靄已綠。水禽鳴春塘。重雲始成夕。忽霽尚殘陽。輕舟因風泛。郡閣望蒼蒼。私燕阻外好。臨懽一停觴。茲遊無時盡。旭日願相將。

立夏日憶京師諸弟

改序念芳辰。煩襟倦日永。夏木已成陰。公門晝恒靜。長風始飄閣。疊雲纔吐嶺。坐想離居人。還當惜徂景。一作光景

曉至園中憶諸弟崔都水

山郭恒悄悄，林月亦娟娟。景清神已澄，一作澹事簡慮絶牽。秋塘徧衰草，曉露洗紅蓮。不見心所愛，茲賞豈爲妍。

懷琅琊深標二釋子

白雲埋大壑，陰崖滴夜泉。應居西石室，月照山蒼然。

雨夜感懷

微雨灑高林。塵埃自蕭散。耿耿心未平。沈沈夜方半。獨驚長簟冷。遽覺愁鬢換。誰能當此夕。不有盈襟歎。

雲陽館懷谷口

清泚階下流。云自谷口源。念昔白衣士。結廬在石門。道高杳無累。景靜得忘言。山夕綠陰滿。世移清賞存。吏役豈遑暇。幽懷復朝昏。雲泉非所濯。蘿月不可援。長往遂真性。暫遊恨卑諠。出身既事世。高躅難等論。

憶灃上幽居

一來當復去。猶此厭樊籠。況我林棲子。朝服坐南宫。雅獨問啼鳥。還如灃水東。

重九登滁城樓憶前歲九日歸灃上赴崔都水及諸弟讌集悽然懷舊

今日重九讌。去歲在京師。聊廻出省步。一赴園期。佳節始云邁。周辰已及兹。秋山滿清景。當

賓屬乖離㓁散民里凋罹翳衆木衰樓中一長

嘯惻愴起凉飈

始夏南園思舊里

夏首雲物變雨餘草木繁池荷初帖水林花已

掃園縈叢蝶尚亂依閣鳥猶喧對此殘芳月憶

在漢陵原

登蒲塘驛沿路見泉谷村墅忽想京師舊

居追懷昔年

青山導騎遶。春風行旆舒。均徭視屬城。問疾躬里閭。煙水依泉谷。川陸散樵漁。忽念故園日。復憶驪山居。荏苒斑鬢及。夢寐婚宦初。不覺平生事。咄嗟二紀餘。存歿闊已永。悲多歡自疎。高秩非爲美。闌干淚盈裾。

行旅

經函谷關

洪河絕山根。單軌出其側。萬古爲要樞。往來何時息。秦皇旣恃險。海內被吞食。及嗣同覆顛。咽喉莫能塞。炎靈距西駕。妻子非經國。徒欲扼諸侯。不知恢至德。聖朝及天寶。豺虎起東北。下沈戰死魂。上結窮寃色。古今雖共守。成敗良可識。藩屏無俊賢。金湯獨何力。馳車一登眺。感慨中自惻。

經武功舊宅

茲邑昔所遊。嘉會常在目。歷載俄二九。始往今來復。感感居人少。茫茫野田綠。風雨經舊墟。毀垣迷往躅。門臨川流駛。樹有羈雌宿。多累恒悲往。長年覺時速。欲去中復留。徘徊(一作徬徨)結心曲。

往雲門郊居塗經洄流作

茲晨乃休暇。適往田家廬。原谷經塗澀。春陽草木敷。纔遵板橋曲。復此清澗紆。崩壑方見射。迴流忽已舒。明滅泚孤景。杳靄含夕虛。無將爲邑志。一酌澄波餘。

乘月過西郊渡

遠山含紫氛。春野靄云暮。值此歸時月。留連西澗渡。謬當文墨會。得與羣英遇。賞逐亂流翻。心將清景悟。行車儼未轉。芳草空盈步。巳舉候亭火。猶愛村原樹。還當守故扃。悵悵爭幽素。

晚歸灃川

凌霧朝閶闔。落日返清川。簪組方暫解。臨水一翛然。昆弟忻來集。童稚滿眼前。適意在無事。攜手望秋田。南嶺橫爽氣。高林繞遥阡。野廬不鋤理。翳翳起荒烟。名秩斯逾分。廉退愧不全。已想平門路。晨騎復言旋。

授衣還田里

公門懸甲令。瀞濯遂其私。晨起懷愴恨。野田寒露時。氣收天地廣。風凄草木衰。山明始重疊。川淺更逶迤。烟火生閭里。禾黍積東菑。終然可樂業。時節一來斯。

桂天樨曰白字入妙正見夕暗之意

夕次盱眙縣

落帆逗（一作逗）淮鎮。停舫臨孤驛。浩浩風起波。冥冥日沈夕。人歸山郭暗。鴈下蘆洲白。獨夜憶秦關。聽鐘未眠客。

春月觀省屬城始憩東西林精舍

因時省風俗。布惠迨高年。建隼出潯陽。整駕遊山川。白雪斂晴壑。羣峯列遥天。嶔崎石門狀。杳靄香爐烟。榛荒屢罥罣。過側殆覆顛。方臻釋氏

廬。時物屢華妍。曇遠昔經始。於茲闢幽玄。東西
竹林寺。灌注寒澗泉。人事旣云泯。歲月復已綿。
殿宇餘丹紺。磴閣峭欹懸。佳士亦棲息。善身絕
塵緣。今我蒙朝寄。教化敷里鄽。道妙苟爲得。出
處理無偏。心當同所尚。跡豈辭纒牽。

自蒲塘驛迴駕經歷山水

館宿風雨滯。始晴行蓋轉。潯陽山水多。草木俱
紛衍。崎嶇緣碧澗。蒼翠踐苔蘚。高樹夾潺湲。崩

石横陰巘。野杏依寒拆。餘雲冐嵐淺。性愜形豈勞。境殊路遺緬。憶昔終南下。佳遊亦屢展。時會下流暮。紛思何由遣。

山行積雨歸塗始霽

攬轡窮登降。陰雨遘二旬。但見白雲合。不睹巖中春。急澗豈易褐。峻塗良難遵。深林猿聲冷。沮洳虎跡新。始霽升陽景。山水閟清晨。雜花積如霧。百卉萋巳陳。鳴騶屢驤首。歸路自忻忻。

感歎

傷逝此後嘆世哀傷十九首盡同德精舍舊居傷懷時所作

染白一爲黑。焚木盡成灰。念我室中人。逝去亦不迴。結髮二十載。賓敬如始來。提攜屬時屯。契濶憂患災。柔素亮爲表。禮章夙所該。仕公不及私。百事委令才。一旦入閨門。四壁滿塵埃。斯人既已矣。觸物但傷摧。單居移時節。泣涕撫嬰孩。知妄謂當遣。臨感要難裁。夢想忽如覩。驚起復徘徊。此心良無已。遶屋生蒿萊。

往富平傷懷

晨起凌嚴霜。慟哭臨素帷。駕言百里塗。惻愴復何爲。昨者仕公府。屬城常載馳。出門無所憂。返室亦熙熙。今者掩筠扉。但聞童稚悲。丈夫須出入。顧爾內無依。銜恨已酸骨。何況苦寒時。單車路蕭條。廻首長逶遲。飄風忽截野。嘹唳鴈起飛。昔時同往路。獨往今距知。

劉須溪曰唐人詩以氣短蘇州氣平短與平甚懸絕及其悼亡自不能不短耳短者使人不歡耳讀

出還

昔出喜還家。今還獨傷意。入室掩無光。銜哀寫虛位。悽悽動幽幔。寂寂驚寒吹。幼女復何知。時來庭下戲。（須溪此語受累）咨嗟日復老。錯莫身如寄。家人勸我飡。對按空垂淚。

冬夜

杳杳日云夕。鬱結誰爲開。單衾自不煖。霜霰已皚皚。晚歲淪夙志。驚鴻感深哀。深哀當何爲。桃

劉須溪曰哀傷如此豈有和聲哉而慘黯條達愈緩愈長

顧東橋曰蘇州可謂刻意選体大入堂奥者矣

李忽凋摧。幃帳徒自設。冥寞豈復來。平生雖恩重。遷去託窮埃。抱此女曹恨。顧非高世才。振衣中夜起。河漢尚徘徊。

送終

奄忽逾時節。日月獲其良。蕭蕭車馬悲。祖載發中堂。生平同此居。一旦異存亡。斯須亦何益。終復委山岡。行出國南門。南望鬱蒼蒼。日入乃云造。慟哭宿風霜。晨遷俯玄廬。臨訣但遑遑。方當永潛翳。仰視白日光。俯仰遽終畢，封樹已荒凉。獨留不得還。欲去結中腸。童稚知所失。啼號捉我裳。即事猶倉卒。歲月始難忘。

除日

思懷耿如昨。季月已云暮。忽驚年復新。獨恨人成故。冰池始泮綠。梅楥(一作梢)還飄素。淑景方轉延。朝朝自難度。

對芳樹

劉須溪曰亦何嘗用意刻削正自不可堪
顧東橋曰貴不務去陳言自是老成

迢迢芳園樹。列映清池曲。對此傷人心。還如故時綠。風條灑餘靄。露葉承新旭。佳人不再攀。下有往來躅。

月夜

皓月流春城。華露積芳草。坐念綺窻空。翻傷清景好。清景終若斯。傷多人自老。

歎楊花

空蒙不自定。况值暄風度。舊賞逐流年。新愁忽盈素。纔縈下苑曲。稍滿東城路。人意有悲歡。時芳獨如故。

過昭國里故第

不復見故人。一來過故宅。物變知景暄。心傷覺時寂。池荒野筠合。庭緑幽草積。風散花意謝。鳥還山光夕。宿昔方同賞。詎知今念昔。緘室在東廂。遺器不忍覿。柔翰全分意。芳巾尚染澤。殘工委筐篋。餘素經刀尺。收此還我家。將還復愁惕。

劉須溪曰此夏日詩其尤苦也

永絶攜手歡。空存舊行迹。冥冥獨無語。杳杳將何適。唯思古今同。時緩傷與戚。

夏日

巳謂心苦傷。如何日方永。無人不晝寢。獨坐山中靜。悟澹將遣慮。學空庶遺境。積俗易爲侵。愁來復難整。

端居感懷

洸洸積素抱。婉婉屬之子。永日獨無言。忽驚振衣起。方如在幃室。復悟永終已。稚子傷恩絕。盛時若流水。暄涼同寡趣。朗晦俱無理。寂性常喻人。滯情今在已。空房欲云暮。巢鷰亦來止。夏木遽成陰。緑苔誰復履。感至竟何方。幽獨長如此。

悲紈扇

非關秋節至。詎是恩情改。掩嚬人已無。委篋涼空在。何言永不發。暗使銷光彩。

閑齋對雨

鍾伯敬曰每於蕭常細意精微處字回旋便深便厚得陶詩秘法也

幽獨自盈抱。陰淡亦連朝。空齋對高樹。疎雨共蕭條。巢鶯翻泥濕。蕙花依砌消。端居念往事。倏忽苦驚飆。

林園晚霽

雨歇見青山落日照園林。山多烟鳥亂。林清風景翻。提攜唯子弟。蕭散在琴言。同遊不同意。耿耿獨傷魂。寂寞鐘已盡。如何還入門。

秋夜二首

劉須溪曰吾讀蘇州詩至此切怪其情近婦人

庭樹轉蕭蕭。陰蟲還戚戚。獨向高齋眠。夜聞寒雨滴。微風時動牖。殘燈尚留壁。惆悵平生懷。偏來委今夕。

霜露已凄漫。星漢復昭回。朔風中夜起。驚鴻千里來。蕭條涼葉下。寂寞清砧哀。歲晏仰空宇。心事若寒灰。

感夢

歲月轉蕪漫。形影長寂寥。髣髴覲微夢。感嘆起中宵。綿思靄流月。驚魂颯迴飇。誰念茲夕永。坐令顔鬓凋。

同德精舍舊居傷懐

洛京十載別。東林訪舊扉。山河不可望。存沒意多違。時遷迹尚在。同去獨來歸。還見窗中鴿。日暮遶庭飛。

悲故交

白璧衆求瑕。素絲易成汙。萬里顛沛還。高堂巳長暮。積憤方盈抱。纏哀忽逾度。念子從此終。黃泉竟誰訴。一爲時事感。豈獨平生故。唯見荒丘原。野草塗朝露。

張彭州前與緱氏馮少府各惠寄一篇多故未荅張巳云殁因追哀叙事兼遠簡馮生

君昔掌文翰。西垣復石渠。朱衣乘白馬。輝光照里閭。余時忝南省。接讌愧空虛。一别守兹郡。嗟跪歲再除。常懷關河表。永日簡牘餘。郡中有方塘。凉閣對紅蕖。金玉蒙遠貺。篇詠見吹噓。未荅平生意。已殁九原居。秋風吹寢門。長慟涕連如。覆視緘中字。奄爲昔人書。髮鬢異已云白。交友日凋踈。馮生遠同恨。憔悴在田廬。

東林精舍見故殿中鄭侍御題詩追舊書情涕泗横集因寄呈閻澧州馮少府

仲月景氣佳。東林一登歷。中有故人詩。凄凉在高壁。精思長懸世。音容已歸寂。墨澤傳灑餘。磨滅親翰迹。平生忽如夢。百事皆成昔。結騎京華年。揮文篋笥積。朝廷重英彥。時輩分珪璧。永謝柏梁陪。獨闕金門籍。方嬰存歿感。豈暇林泉適。雨餘山景寒。風散花光夕。新知雖滿堂。故情誰能覿。唯當同時友。緘寄空悽慽。

同李二過亡友鄭子故第 李與之故非予所識

客車名未滅。沒世恨應長。斜月知何照。幽林判自芳。故人驚逝水。寒雀噪空墻。不是平生舊。遺蹤要可傷。

話舊 亭中對兄姊話蘭陵崇賢懷眞已來故事玆然而作

存亡三十載。事過悉成空。不惜霑衣淚。併話一宵中。

至開化里壽春公故宅

寧知府中吏。故宅一徘徊。歷階存往敬。瞻位泣餘哀。廢井没荒草。陰牖生緑苔。門前車馬散。非復昔時來。

睢陽感懷

豺虎犯天綱。昇平無內備。長驅陰山卒。略踐三河地。張侯本忠烈。濟世有深智。堅壁梁宋間。遠籌吳楚利。窮年方絕輸。鄰援皆擕貳。使者哭其庭。救兵終不至。重圍雖可越。藩翰諒難棄。饑喉待危巢。懸命中路墜。甘從鋒刃斃。莫奪堅貞志。宿將降賊庭。儒生獨全義。空城唯白骨。同往無賤貴。哀哉豈獨今。千載當歔欷。

廣德中洛陽作

生長太平日。不知太平歡。今還洛陽中。感此方苦酸。飲藥本攻病毒腸翻自殘。王師涉河洛。玉石俱不完。時節屢遷斥。山河長鬱盤。蕭條孤煙絕。日入空城寒。蹇劣乏高步。緝遺守微官。西懷咸陽道。躑躅心不安。

閶門懷古

獨鳥下高樹，遙知吳苑園。凄凉千古事，日暮倚閶門。

感事

霜雪皎素絲，何意墜墨池。青蒼猶可濯，黑色不可移。女工再三嘆，委棄當此時。歲寒雖無褐，機杼誰肯施。

感鏡

鑄鏡廣陵市，菱花匣中發。宿昔嘗許人，鏡成人已沒。如氷結圓器。類璧無絲髮。形影終不臨。清光殊不歇。一感平生言。松枝桂秋月。

歎白髮

還同一葉落。對此孤鏡曉。絲縷乍難分。楊花復相繞。時役人易衰。吾年白猶少。

韋蘇州集卷之十六終

韋蘇州集卷之七

登眺

登高望洛城作

高臺造雲端。遐矚周四垠。雄都定鼎地。勢據萬國尊。河岳出雲雨。土圭酌乾坤。舟通南越貢。城背北邙原。帝宅夾清洛。丹霞捧朝暾。葱一作蘢瑶臺榭。窈窕雙闕門。十載構屯難。兵戈若一作如雲屯。膏腴滿榛蕪。比屋空毀垣。聖主乃東眷。俾賢拯元元。

熈熈居守化。洮洮太府恩。至損當（一作方）受益。苦寒必生温。平明四城開。稍見市井喧。坐感理亂迹。永懷經濟言。吾生自不達。空鳥何翩翻。天高水流遠。日晏城郭昏。徘徊訖旦夕。聊用寫憂煩。

同德寺閣集眺

芳節欲云晏。遊遨樂相從。高閣照丹霞。飀飀含遠風。寂寥氛氲廓。超忽神慮空。旭日霽皇州。岧蕘見兩宮。嵩少多秀色。羣山莫與崇。三川浩東

劉須溪曰凡詩言夫趣〻皆實歷無趣者歸有味点頞

注灃潤亦來同。陰陽降太和。宇宙得其中。舟車滿川陸。四國靡不通。舊堵今已葺。庶甿亦已豐。周覽思自奮。行當遇時邕。

登寶意寺上方舊遊（寺在武功曾居此寺）

翠嶺香臺出半天。萬家煙樹滿晴川。諸僧近住不相識。坐聽微（一作寂）鐘記往年。

登樂遊廟作

高原出東城。鬱鬱見咸陽。上有千載事。乃自漢宣皇。頹壖久夌遲。陳迹翳丘荒。春草雖復綠。驚風但飄揚。周覽京城內。雙闕起中央。微鐘何處來。暮色忽蒼蒼。歌吹喧萬井。車馬塞康莊。昔人豈不爾。百世同一傷（一作慯）。歸當守冲漠。跡寓心自忘。

登西南岡卜居遇雨尋竹浪至澧壖縈帶數里清流茂樹雲物可賞

登高創危構。林表見川流。微雨颯已至。蕭條川氣秋。下尋密竹盡。忽曠沙際遊。紆直水分野。綿延稼盈疇。寒花明廢墟。樵牧笑榛丘。雲水成（一作支）陰澹。竹樹更清幽。適自戀佳賞（一作適自憐心賞又一作幽賞）復茲永日留。

灃上與幼遐月夜登西岡翫花

置酒臨高隅。佳人自城闕。已翫滿川花。還看滿川月。花月方浩然。賞心何由歇。

臺上遲客

高臺一悄（一作聊）望。遠樹間朝曦。但見東西騎。端令心賞違。始霽郊園綠。暮春啼鳥稀。徒然對芳物。何能獨醉歸。

登樓

茲樓日登眺。流歲增蹉跎。坐厭淮南守。秋山紅樹多。

善福寺閣

殘霞照高閣。青山出遠林。晴明一登望。蕭洒此幽襟。

樓中月夜

端令倚懸檻。長望抱沉憂。寧知故園月今夕在茲樓。衰蓮送餘馥。華露湛新秋。坐見蒼林變。清輝愴已休。

寒食後北樓作

園林過新節風花亂高閣。遙聞擊鼓聲。蹴踘軍中樂。

西樓

高閣一長望。故園何日歸。烟塵擁（一作在）函谷。秋鴈過來稀。

夜望

南樓夜已寂。暗鳥動林間。不見城郭事。沇沇唯四山。

晩登郡閣

悵然高閣望。已掩東城關。春風偏送柳。夜景復沇山。

登重玄寺閣

時暇陟雲構。晨霽澄景光。始見吳都(一作郡)大。十里鬱蒼蒼。山川表明麗。湖海吞大荒。合沓臻水陸。駢闐會四方。俗繁節又暄。雨順物亦康。禽魚各翔泳。草木遍芬芳。於茲省甿俗。一用勸農桑。誠知虎符忝。但恨歸路長。

遊覽五十八首

觀早朝

伐鼓通嚴城。車馬溢廣躔。煌煌列明燭。朝服照華鮮。金門杳深沈。尚聽清漏傳。河漢忽已没。司闈啟晨關。丹殿據龍首。崔嵬對南山。寒生千門裏。日照雙闕間。禁旅下城列。鑪香起中天。輝輝睹明聖。濟濟行俊賢。媿無鴛鷺姿。短翮空飛還。誰當假毛羽。雲路相追攀。

陪元侍御春遊

何處醉春風。長安西復東。不因俱罷職。豈得此時同。貰酒宣平里。尋芳下苑中。往來楊柳陌。猶避昔年驄。

遊龍門香山泉

山水本自佳。遊人已忘慮。碧泉交幽絕。賞愛未（一作不）能去。潺湲瀉幽磴。繚繞帶（一作對）嘉樹。激轉忽殊流。歸泓又同注。羽觴自成（一作代）翫。永日亦延趣。靈草有時香。仙（一作山）源不知處。還當候圓月。攜手重遊寓。

龍門遊眺

鑿山導伊流。中斷若天闕。都門遥相望。佳氣生朝夕。素懷出塵意。適有携手客。精舍遶（一作繚）層阿。千龕鄰（一作[illegible]）峭壁。緣雲路猶緬。憇澗鐘已寂。花樹發煙華。淙流散石脉。長嘯招遠風。臨潭漱金碧。日落望都城。人間何役役。一作徘徊悵還駕城闕多物役

洛都遊寓

東風日已和。元化亮無私。草木同時植。生條有高卑。罷官守園廬。豈不懷渴饑。窮通非所干。跼促當何爲。佳辰幸可遊。親友亦相追。朝從華林

宴。暮返東城期。掇英出蘭皐。玩月步川坻。軒冕誠可慕。所愛在縶維。

再遊龍門懷舊侶嘗與寶貢州洛陽韓丞瀍池李丞淼鄭二尉同遊

兩山鬱相對。晨策方上干。霽霽眺都城。悠悠俯清瀾。邈矣二三子。茲焉屢遊盤。良時忽已周。獨往念前歡。好鳥始云至。衆芳亦未闌。遇物豈殊昔。慨傷自有端。

莊嚴精舍遊集

良遊因時暇。乃在西南隅。緑煙凝層城。豐草滿逼衢。精舍何崇曠。煩踦一弘舒。架虹施廣蔭。構雲眺八區。即此塵境遠。忽聞幽鳥殊。新林（一作秋）泛景光。叢緑含露濡。永日亮難遂。平生少歡娛。誰能遽還歸。幸與（一作得）高士俱。

府舍月遊

官舍（一作寺）耿深夜。佳月喜同遊。横河俱半落。泛露忽驚秋。散彩疎羣樹。分規澄素流。心期與浩景。蒼蒼殊未收。

任鄠令渼陂遊眺

野水灔長塘。煙花亂晴日。氛氲綠樹多。蒼翠千山出。游魚時可見。新荷尚未密。屢往心獨閑。心無理人術。

西郊遊矚

東風散餘沍。陂水淡已綠。一作渌烟芳何處尋。香靄春山曲。新禽哢暄節。晴光泛嘉木。一與諸君遊。華觴忻見屬。

再遊西郊渡

水曲一追遊。遊人重懷戀。嬋娟昨夜月。還向波中見。驚禽棲不定。流芳寒未徧。攜手更何時。佇看花似霰。

月溪與幼遐君貺同遊 時二子還城

岸篠覆迴溪。迴溪曲如月。沇沇水容綠。寂寂流鶯歇（一作鶯初歇）。淺石方淩亂。遊禽時出沒。半雨夕陽霏。緣源雜花發。明晨重來此。同心應已闕。

與幼遐君貺兄弟同遊白家竹潭

清賞非素期。偶遊方自得。前登絕嶺險。下視深潭黑。密竹已成暮。歸雲殊未極。春鳥依谷暄。紫蘭含幽色。已將芳景遇。復款平生憶。終念一歡別。臨風還默默。

秋夕西齋與僧神靜遊

諦是夏日躰貼人情之言

晨登西齋望。不覺至夕曛。正當秋夏交。原野起煙氛。坐聽涼颸舉。華月稍披雲。漠漠山猶隱。灩灩川始分。物幽夜更殊。境静興彌臻。息機非傲世。于時乏嘉聞。寔竟自爲理。况與釋子羣。

觀田家

微雨衆卉新。一雷驚蟄始。田家幾日閑。耕種從此起。丁壯俱在野。場圃亦就理。歸來景常晏。飲犢西澗水。饑劬不自苦。膏澤且爲喜。倉廩無宿鍾伯敬曰：憩字入渭厚。

儲。徭役猶未已。方慙不耕者。祿食出閭里。

園亭覽物

積雨時物變。夏綠滿園新。殘花已落實。高笋半成筠。守此幽棲地。自是忘機人。

觀澧水漲

夏雨萬壑湊。澧漲暮渾渾。草木盈川谷。澶漫一平吞。槎梗方瀰汎。濤沫亦洪翻。北來注涇渭。所過無安源。雲嶺同昏黑。觀望悸心魂。舟人空歛棹。風波正自奔。 (波一作流。)

陪王卿郎中遊南池

鵁鶄俱失侶。同爲此地遊。露浥荷花氣。風散柳園秋。烟草凝衰嶼。星漢泛歸流。林高初上月。塘深未轉舟。清言屢往復。華樽始獻酬。終憶秦川賞。端坐起離憂。

南園陪王卿遊矚

形迹雖拘檢。世事淡無心。郡中多山水。日夕聽幽禽。几閣文墨暇。園林春景深。雜花芳意散。綠池暮色沉。君子有高躅。相携在幽尋。一酌何爲貴。可以寫冲襟。

遊西山

時事方擾擾。幽賞獨悠悠。弄泉朝涉澗。采石夜歸州。揮翰題蒼峭。下馬歷嵌丘。所愛唯山水。到此即淹留。

春遊南京

川明氣已變。巖寒雲尚擁。南亭草心綠。春塘泉脉動。景煦聽禽響。雨餘看柳重。逍遙池塘華。益媿專城寵。

再遊西山

南譙古山郡。信是高人居。自嘆乏弘量。終朝親簿書。於時忽命駕。秋野正蕭疎。積逋誠待責。尋山亦有餘。測測石泉冷。曖曖煙谷虛。中有釋門子。種藥（一作璅）結茅廬。出身猒名利。遇境即躊躇。守直雖多忤。視險方晏如。况將塵埃外。襟抱從此舒。

遊靈巖寺

始入松路永。獨忻山寺幽。不知臨絕檻。乃見西江流。吳岫分煙景。楚甸散林丘。方悟關塞眇。重軫故園愁。聞鐘戒歸騎。憇澗惜良遊。地疎泉谷狹。春深草木稠。茲焉賞未極。淸景[一作澹]期杪秋。

與盧陟同遊永定寺北池僧齋

密竹行已遠。子規啼更深。綠池芳草氣。閑齋春

鍾伯敬曰最深最細細極明淡又云孤花表春餘妙語妙情富有殘鶯知夏淺

樹陰。晴蝶飄蘭逕。遊蜂遶花心。不遇君攜手。誰復此幽尋。

遊溪

野水煙鶴唳。楚天雲雨空。翫舟淸景晩。垂釣綠蒲中。落花飄旅衣。歸流澹淸風。緣源不可極。遠樹但青蔥。

遊開元精舍

夏衣始輕體。遊步愛僧居。果園新雨後。香臺照

可爲妙對
譚更夏日表字
思路入微

日初。緑陰生晝靜（一作寂）孤花表春餘。符竹方爲累。形跡一來疎。

襄武館遊眺

州民知禮讓。訟簡得遨遊。高亭憑古地。山川當暮秋。是時秔稻熟。四望盡田（一作平）疇。仰恩慚政拙。念勞喜歲收。澹泊風景晏。繚繞雲樹幽。節往情惻惻。天高思悠悠。嘉賓幸雲集。芳罇始淹留。還希（一作還喜）（曲池濃）習池賞。聊以駐鳴騶。

秋景詣瑯琊精舍

屢訪塵外迹。未窮幽賞情。高秋天景遠。始見山水清。上陟巖殿憩。暮看雲壑平。蒼茫寒色起。迢遞晚鐘鳴。意有清夜戀。身爲符守嬰。一作方愛悟言緇衣子。瀟灑中林行。

同韓郎中閑庭南望秋景

朝下抱餘素。地高心本閑。如何趨府客。罷秩見秋山。疏樹共寒意。遊禽同暮還。因君悟清景。西望一開顏。

慈恩精舍南池作

清境豈云遠。炎氛忽如遺。重門布緑陰。菡萏滿廣池。石髮散清淺。林光動漣漪。緣崖摘紫房。扣檻集靈龜。浥浥餘露氣。馥馥幽襟披。積喧忻物曠。躭翫覺景馳。明晨復趨府。幽賞當反思。

雨夜宿清都觀

靈飆動閶闔。微雨灑瑶林。復此新秋夜。高閣正洸洸。曠歲悵殊跡。茲夕一被襟。洞戶含涼氣。綱軒構層陰。況自展良友。芳罇遂盈斟。適悟委前忘。清言怡道心。豈戀腰間綬。如役籠中禽。

善福精舍秋夜遲諸君

廣庭獨閑步。夜色方湛然。丹閣已排雲。皓月更（一作正）高懸。繁露降秋節。蒼林鬱芊芊。仰觀天氣涼。高詠古人篇。撫已亮無庸。結交賴羣賢。屬予翹思時。方子中夜眠。相去隔城闕。佳期屢徂（一作相）遷。如何

劉須溪曰自以為得
又云游興各自寫
種伯敬曰與藥餌情所正〻字同想

日夕待見月三四圓。

東郊

吏舍跼終年。出郊曠清曙。楊柳散和風。青山澹吾慮。依叢適自憩。緣澗還復去。微雨靄芳原。春鳩鳴何處。樂幽心屢止。遵事跡猶遽。終罷斯結一作期廬。慕陶真可庶。

秋郊作

清露澄境遠。旭日照臨初。一望秋山靜。蕭條形迹踈。登原忻時稼。采菊行故墟。方願沮溺耦。淡泊守田廬。

行寬禪師院

北望極長廊。斜扉映（一作淹）叢竹。亭午一來尋。院幽僧亦獨。唯聞山鳥啼。愛此林下宿。

神靜師院

青苔幽巷徧。新林露氣微。經聲在深竹。高齋獨掩扉。憩樹愛嵐嶺。聽禽悅朝暉。方耽靜中趣。自

桂天祥曰有遠致有轉折眼前景眼前事大妙

與塵事違。

精舍納凉

山景寂已暝。野寺變蒼蒼。夕風吹高殿。露葉散林光。清鐘始戒夜。幽禽尚歸翔。誰復掩扉臥。不詠南軒凉。

藍嶺精舍

石壁精舍高。排雲聊直上。佳遊愜始願。忘險得前賞。崖傾景方暝。谷轉川如掌。緑林含蕭條。飛閣起弘敞。道人上方至。深夜還獨往。日落羣山陰。天秋百泉響。所嗟累已成。安得長偃仰。

道晏寺主院

北隣有幽竹。潜筠穿我廬。往來地已密。心樂道者居。殘花廻往節。輕條蔭夏初。聞鐘北窻起。嘯傲永日餘。

義演法師西齋

結茅臨絶岸。隔水聞淸磬。山水曠蕭條。登臨散

鍾伯敬曰此事寫得深便無清態

情性。稍指緣原騎。還尋汲澗徑。長嘯倚亭樹。悵然川光暝。

澄秀上座

繚繞西南隅。鳥聲轉幽靜。秀公今不在。獨禮高僧影。林下器未收。何人適煮茗。

至西峰蘭若受田婦饋

攀崖復緣澗。遂造幽人居。鳥鳴泉谷暖。土起萌甲舒。聊登石樓憩。下玩潭中魚。田婦有嘉獻。潑

劉須溪曰語有仙風道骨

鍾伯敬曰非不畫〻不足以言之

撒新歲餘。常惟投錢飲。事與賢達疎。今我何爲答。鰥寡欲焉如。

曇智禪師院

高年不復出。門徑（一作㥄）衆草生。時夏方新雨。果藥發餘榮。疎澹下林景。流暮幽禽情。身名兩俱遣。獨此野寺行。

起度律師同居東齋院

釋子喜相偶。幽林俱避喧。安居同僧夏。淸夜諷爲常之曰韋應物歟永耕皆作滁州太守應物游琅琊山則曰鳴騶響幽澗前旌耀崇岡永叔則不然游吾子澗詩云麋鹿魚鳥莫驚怪太守不將車騎來又云使君厭騎從車馬留山前行歌招野叟共步青林間游山當如此也

道言對閣景恬晏歩庭陰始繁逍遥無一事松風入南軒

遊瑯琊山寺

受命恤人隱茲遊久未遑鳴騶響幽澗（一作谷）前旌耀崇岡青冥臺砌寒緑縟草木香塡壑躋花界疊石構雲房經製隨巖轉繚繞豈定方新泉泄陰壁高蘿蔭緑塘攀林一栖止飲水得清涼物累誠可遺疲甿終未忘還歸坐郡閣但見山蒼蒼

同越琊琊山 趙氏生辟強

石門有雪無行跡。松壑凝煙滿衆香。餘食施庭寒鳥下。破衣挂樹老僧亡。

詣西山深師

曹溪舊弟子。何緣住此山。世有征戰事。心將流水閑。掃林驅虎出。宴坐一林間。藩守寧爲重。擁騎造雲關。

尋簡寂觀瀑布

葛常之曰游溪詩野水烟鶴唳楚天雲雨空此

躡石欹危過急澗。攀崖迢遞弄懸泉。猶將虎竹爲身累。欲付歸人絶世緣。

簡寂觀西澗瀑布下作

淙流絶壁散虛煙。翠澗深（一作深）叢際松風起。飄來灑塵襟。窺蘿翫猿鳥。解組傲雲林。茶果邀眞侶。觴酌洽同心。曠歲懷茲賞。行春始重尋。聊將橫吹笛。一寫山水音。

遊南齋

讀春水二句詠声萬物自生聽太空常寂寥如此等句豈下于兵衛森劍戟燕寢凝清香哉

池上鳴佳禽。僧齋日幽寂。高林曉露清。紅藥無人摘。春水不生煙。荒岡筠翳石。不應朝夕遊。良爲蹉跎客。

南園

清露夏天曉。荒園野氣通。水禽遥泛雪。池蓮迥披紅。幽林詎知暑。環舟似不窮。頓灑塵喧意。長嘯滿襟風。

西亭

亭宇麗朝景。簾牖散暄風。小山初構石。珍樹三然紅。弱藤已扶援。幽蘭欲成叢。芳心幸如此。佳人時不同。

夏景園廬

羣木晝陰靜。北窻凉風多。閑居逾時節。夏雲已嵯峨。搴葉愛繁緑。緣澗弄驚波。豈爲論夙志。對此青山阿。

夏至避暑北池

晝晷已云極。宵漏自此長。未及施政教。所憂變炎涼。公門日多暇。是月農稍忙。高居念田里。苦熱安可當。亭午息羣物。獨遊愛方塘。門閉陰寂寂。城高樹蒼蒼。緑筠尚含粉。圓荷始散芳。於焉洒煩抱。可以對華觴。

題從侄成緒西林精舍書齋

棲身齒多暮。息心君獨少。慕謝始精文。依僧欲觀妙。冽泉前階注。清池北牖照。果藥雜芬敷。松筠踈舊峭。屢躋幽人境、每肆芳晨眺。採藥玄猿窟。擷芝丹林嶠。紵衣豈寒禦、蔬食非饑療。雖甘巷北單（一作簞）。豈塞青紫耀。郡有優賢榻。朝編貢士詔。欲同（一作求）朱輪載。勿憚移文誚。

題鄭弘憲侍御遺愛草堂

居士近依僧。青山結茅屋。踈松映嵐晚。春池含苔綠。繁華冐陽嶺。新禽響幽谷。長嘯攀喬林。慕茲高世躅。

同元錫題瑯琊寺

適從郡邑喧。又茲三伏熱。山中清景多。石罅寒泉潔。花香天界事。松竹人間別。殿分嵐嶺明。磴臨懸（一作玄）壑絕。昏旭窮陟降。幽顯盡披閱。（一作嶺）嶔駭風雨區。寒知龍蛇穴。情虛澹泊生。境寂塵妄滅。經世豈非道。無爲厭車轍。（一作歸轍）

題鄭拾遺草堂

借地結茅棟。橫竹挂朝衣。秋園雨中綠。幽居塵事違。一作睽陰井夕蟲亂。高林霜果稀。子有白雲意。構此想巖扉。

韋蘇州集卷之七終

韋蘇州集卷之八

雜興

詠玉

乾坤有精物。至寶無文章。雕琢爲世器。眞性一朝傷。

詠水精

映物隨顏色。含空無表裏。持來向明月。的皪愁成水。

詠珊瑚

絳樹無花葉。非石亦非瓊。世人何處得。蓬萊石上生。

詠瑠璃

有色同寒氷。無物隔纖塵。象筵看不見。堪將對玉人。

詠琥珀

曾爲老茯神。本是寒松液。蚊蚋落其中。千年猶

可觀

仙人祠

蒼岑古仙子。清廟閟華容。千載去寥廓。白雲遺舊蹤。歸來灞陵上。猶見最高峰。

詠曉

軍中始吹角。城上河初落。深沈猶隱帷。晃朗先分閣。

詠夜

劉須溪曰其姿近道語此漸趋隋水橋口造理之言又云勝詠夜之作遠甚

明從何處去。暗從何處來。但覺年年老。半是此中催。

詠聲

萬物自生（一作此）聽。大空恒寂寥。還從（一作應）靜中起。却向靜中消。

任洛陽丞請告

方鑿不受圜。直木不爲輪。揆才各有用。反性生苦辛。折腰非吾事。飲水非吾貧。休告臥空館。養病絶囂塵。遊魚自成族。野鳥亦有羣。家園杜陵下。千歲心氛氳。天晴嵩山高。雪後河洛春。喬木猶未芳。百草日已新。著書復何爲。當去東皐耘。

縣齋

仲春時景好。草木漸舒榮。公門且無事。微雨園林清。泱泱水泉動。忻忻衆鳥鳴。閑齋始延矚。東作興庶甿。即事翫文墨。抱冲披道經。於焉日澹泊。徒使芳尊盈。

晚出府舍與獨孤兵曹令狐工曹南尋朱

雀街歸里第

分曹幸同簡。聯騎方愜素。還從廣陌歸。不覺青山暮。翻翻鳥未沒。杳杳鐘猶度。尋草遠無人。望山多枉路。聊參世士跡。嘗得靜者顧。出入雖見牽。忘身緣所（一作明）晤。

休暇東齋

由來束帶士。請謁無朝暮。公暇及私身。何能獨閑步。摘葉愛芳在。捫竹憐粉汚。岸幘偃東齋。夏天清曉露。懷仙閱眞誥。貽友題幽素。榮達頗知疎。恬然自成度。緑苔日巳滿。幽寂誰來顧。

夜直省中

河漢有秋意。南宮生早涼。玉漏殊杳杳。雲闕更蒼蒼。華燈發新燄。（一作燼）輕煙浮夕香。顧迹知爲忝。束帶愧周行。

郡內閑居

棲息絕塵侶。孱鈍得自怡。腰懸竹使符。心與廬山緇。永日一酣寢。起坐兀無思。長廊獨看雨。衆藥發幽姿。今夕已云罷。明晨復如斯。何事能爲累。寵辱豈要辭。

燕居即事

蕭條竹林院。風雨叢蘭折。幽鳥林上啼。青苔人跡絕。燕居日已永。夏木紛成結。几閣積羣書。時來北窻閱。

鍾天祥曰：身世俱幻，情景兩忘。劉須溪曰：古調本色，微雨一聯似亦以癡得之也。

幽居

貴賤雖異等，出門皆有營。獨無外物牽，（頎云說得透）遂此幽居情。微雨夜來過，（頎云刻）不知春草生。（鍾云胸中無花）青山忽已曙，鳥雀繞舍鳴。時與道人偶，或隨樵者行。自當安蹇劣（一作拙），誰謂薄世榮。（頎云不炫）

野居書情

世事日可見，身名良蹉跎。尚瞻白雲嶺，聊作負薪歌。

郊居言志

負暄衡門下，望雲歸遠山，但要樽中物，餘事豈相關。交無是非責，且得任疎頑，日夕臨清澗，逍遥思慮閒。出去唯空屋，弊箦委窻間，何異林棲鳥，戀此復來還。世榮斯獨已，一作遺頹志亦何攀，唯當歲豐熟，閭里一歡顔。

夏景端居即事

北齋有凉氣，嘉樹對層城，重門永日掩，清池夏

雲生。遇此庭訟簡。始聞蟬初鳴。逾懷故園愴。默

默以緘情。

始至郡

湓城古雄郡。一作鎮橫江千里池。高樹上迢遞。峻堞繞

欹危。井邑煙火晚。郊原草樹滋。洪流蕩一作湯北阯。崇

嶺鬱南圻。斯民本樂生。逃逝竟何爲。旱歲屬荒

歉。舊逋積如坻。到郡方逾月。終朝理亂絲。賓朋

未及讌。簡牘已云疲。昔賢播高風。得守愧無施。

豈待干戈戢。且願撫惸嫠。

郡中西齋

似與塵境（一作世）絶。蕭條齋舍秋。寒花獨經雨。山禽時到州。清觴養真氣。玉書示道流。豈將符守戀。幸以棲心幽。

新理西齋

方將㕦訟理。久翳西齋居。草木無行次。閒暇一芟除。春陽土脉起。膏澤發生初。養條刊朽枿。護藥鋤穢[一作荒]蕪。稍稍覺林聳。歷歷忻竹疎。始見庭宇曠。頓令煩抱舒。茲焉即可愛。何必是吾廬。

曉坐西齋

鼕鼕城鼓動。稍稍林鴉去。柳意不勝春。巖光已知曙。寢齋有單禰[一作才]靈藥爲朝茹。盥漱忻景清。焚香澄神慮。公門自常事。道心寧易[一作樂]處。

郡齋臥疾絶句

香爐宿火滅。蘭燈宵影微。秋齋獨臥病。誰與覆

鍾伯敬曰真人真事真話

寒衣。

寓居永定精舍 蘇州

政拙忻罷守。閑居初理生。家貧何由往。夢想在京城。野寺霜露月。農興羇旅情。聊租二頃田。方課子弟耕。眼暗文字廢。身閑道心精。即與人群遠。豈謂是非嬰。

永定寺喜辟強夜至

子有新歲慶。獨此苦寒歸。夜叩竹林寺。山行雪滿衣。深鑪正燃火。空齋共掩扉。還將一樽對。無言百事違。

野居

結髮屢辭秩。立身本疎慢。今得罷守歸。幸無世欲患。棲止且偏僻。嬉遊無早晏。逐兎上坡岡。捕魚緣赤澗。高歌意氣在。貰酒貧居慣。時啟北窻扉。豈將文墨間。

同褒子秋齋獨宿

顧東橋云語未甚工而調古

山月皦如燭。風霜時動竹。夜半鳥驚栖。窗間人獨宿。

餌黄精

靈藥出西山。服食採其根。九蒸換凡骨。經著上世言。候火起中夜。馨香滿南軒。齋居感衆靈。藥術啟妙門。自懷物外心。豈與俗士論。終期脫印綬。永與天壤存。

昭國里第聽元老師彈琴

竹林高宇霜露清。朱絲玉徽多故情。暗識啼烏與別鶴。祇緣中有斷腸聲。

野次聽元昌奏横笛

立馬蓮塘吹横笛。微風動柳生水波。北人聽罷淚將落。南朝曲中怨更多。

樓中閲清管

山陽遺韻在。林端横吹驚。響迴憑高閣。曲怨繞秋城。淅瀝危葉振。蕭瑟凉氣生。始遇茲管賞。已懷故園情。

寒食

晴明寒食好。春園百卉開。綵繩拂花去。輕毬度閣來。長歌送落日。緩吹逐殘杯。非關無燭罷。良爲羈思催。

七夕

人世拘形迹。别去間山川。豈意靈仙偶。相望亦彌年。夕衣清露濕。晨駕秋風前。臨懽定不住。當爲何所牽。

劉須溪曰可悲傷世與余同患

九日

今朝把酒復惆悵。憶在杜陵田舍時。明年九日知何處。世難還家未有期。

劉須溪曰何必退索個是本懷

秋夜

暗窗涼葉動。秋（一作齋）天寢席單。憂人半夜起明月在林端。一與清景遇。每憶平生歡。如何方惻愴。披衣露（一作轉）更寒。

秋夜一絶

高閤漸凝露。凉葉稍飄闈。憶在南宫直。夜長鐘漏稀。

滁城對雪

晨起滿闈雪。憶朝閶闔時。玉座分曙早。金爐上煙遲。飄散雲臺下。凌亂桂樹姿。厠跡鵷鷺末。蹈舞豐年期。今朝覆山郡。寂寞復何爲。

雪中

空堂歲已晏。密室獨安眠。壓篠夜偏積覆閣曉逾妍。連山暗古郡。驚風散一川。此時騎馬出。忽憶京華年。

詠春雪

徘徊輕雪意。似借艷陽時。不悟風花冷。翻令梅柳遲。

對春雪

蕭屑杉松聲。寂寥寒夜慮。州貧人吏稀。雪滿山

顧東橋曰此篇細膩可意

城曙春塘看幽谷棲禽愁未去開闔正亂流寧辨花枝處

對殘燈

獨照碧窻久欲隨寒燼滅幽人將遽眠解帶翻成結楊用修曰梁沈氏滿願詩殘燈猶未滅將盡更揚輝惟餘一兩焰猶得解羅衣此詩實出于沈然辭有幽意而沈深矣

對芳樽

對芳樽醉來百事何足論遙見青山始一醒欲著接䍦還復昏

夜對流螢作

月暗竹亭幽。螢光拂席流。還思故園夜。更度一年秋。自愜觀書興。何慚秉燭遊。府中徒冉冉。明發好歸休。

對新篁

新綠苞初解。嫩氣筍猶香。含露漸舒葉。抽叢稍自長。清晨止亭下。獨愛此幽篁。

夏花明

夏條綠已密。朱萼綴明鮮。炎炎日正午。灼灼火俱燃。翻風適自亂。照水復成妍。歸視窻間字。熒煌滿眼前。

對萱草

何人樹萱草。對此郡齋幽。本是忘憂物。今夕(一作日)重生憂。叢疎露始滴。芳餘蝶尚留。還思杜陵圃。離披風雨秋。

見紫荊花

雜英紛已積。含芳獨暮春。還如故園樹。忽憶故園人。

翫螢火

時節變衰草。物色近新秋。度月影纔斂。繞竹光復流。

對雜花

朝紅爭景新。一作鮮夕素含露翻。妍姿如有意。流芳復滿園。單棲守遠郡。永日掩重門。不與花爲偶。終

鍾伯敬曰不改二語不獨言種樹之法兼得其趣其理
譚友夏云有情有興在從茲始三字

遺與誰言。

種藥

好讀神農書。多識藥草名。持縑購山客。移蒔羅衆英。不改幽澗色。宛如此地生。汲井旣蒙澤。插援亦扶傾。陰穎夕房斂。陽條夏花明。悅翫從茲始。日夕繞庭行。州民自寡訟。養閑非政成。

西澗種柳

宰邑乖所願。僶俛愧昔人。聊將休暇日。種柳西澗濱。罷釣息微倦。臨流睇歸雲。封壤自人力。生條在陽春。一作玉春成陰豈自取。爲茂屬佗辰。延詠留嘉賞。山水變夕曛。

種瓜

率性方鹵莽。理生尤自疎。今年學種瓜。園圃多荒蕪。衆草同雨露。新苗獨翳如。直以春桾追。過時不得鋤。田家笑枉費。日夕轉空虛。信非吾儕事。且讀古人書。

喜園中茶生

潔性不可汚。爲餘滌塵煩。此物信靈味。本自出山原。聊因理郡餘。率爾植荒園。喜隨衆草長。得與幽人言。

移海榴

葉有苦寒色。山中霜霰多。雖此蒙陽景。移根意如何。

郡齋移杉

櫂榦方數尺。幽姿已蒼然。結根西山寺。來植郡齋前。新含野露氣。稍靜高窗眠。雖爲賞心遇。豈有巖中緣。

花徑

山花夾徑幽。古甃生苔澀。胡牀理事餘。玉琴承露濕。朝與詩人賞。夜携禪客入。自是塵外蹤。無令吏趨急。

慈恩寺南池秋荷詠

對殿含凉氣。裁規覆清沼。衰紅受露多。餘馥依人少。蕭蕭遠塵跡。颯颯凌秋曉。節謝客來稀。迴塘方獨遶。

題桐葉

參差剪緑綺。蕭洒覆瓊柯。憶在澧東寺。偏書此葉多。

題石橋

遠學臨海嶠。横此莓苔石。郡齋三四峯。如有靈

劉須溪曰此語自好但韋公躰出數字神情又別故貴知言不然不免為野入諸矣好詩兄是格諧外絕先得機辛起更难似

仙（一作山）跡。方愁暮雲滑。始照寒池碧。自與幽人期。逍遥竟朝夕。

池上

郡中卧病久。池上一來賒。榆柳飄枯葉。風雨倒横查。

滁州西澗 歐陽修云滁州城西乃是豐山無西澗獨城北有一澗水極淺不勝舟又江潮不到豈詩人務在佳句而實無此景耶

獨憐幽（一作芳）草澗邊生（一作行）。上有黄鸝深樹鳴。春潮帶雨晚來急。野渡無人舟自横。謝枋得云此詩感時多故而作又何況滁之果如是也

設如作者用心

西塞山

勢從千里奔。直入江中斷。嵐横秋塞雄。地束鷩流滿。

山耕叟

蕭蕭垂白髮。默默詎知情。獨放寒林燒。多尋虎跡行。暮歸何處宿。來此空山耕。

上方僧

見月出東山。上方高處禪。空林無宿火。獨夜汲

寒泉不下藍溪寺今年（一作來）三十年

煙際鍾

隱隱起何處迢迢送落暉蒼茫隨思遠蕭散逐（一作入）
煙微秋野寂云（一作兮）晦望山僧獨歸

始聞夏蟬

徂夏暑未晏蟬鳴景已曛一聽知何處高樹但
侵雲響悲遇衰齒節謝屬離羣還憶郊園日獨
向澗中聞

射雉

走馬上東岡。朝日照野田。野田雙雉起。翻射斗迴鞭。雖無百發中。聊取一笑妍。羽分繡臆碎。頭（一作頸）弛錦鞘懸。方將悅羈旅。非關學少年。彎弓一長嘯。憶在灞城阡。

夜聞獨鳥啼

失侶度山覓。投林舍北啼。今將獨夜意、、、、、、偏知對影棲。

劉須溪曰更不須語言

桂天祥云有此不復言極苦歸思無著時更值夜雨聞鴈誰能遣此懷抱

述園鹿

野性本難畜。翫習亦逾年。麑斑始力直。麌角已蒼然。仰首嚼園栁。俯身飲清泉。見人若閑暇。蹷起忽低騫。兹獸有高貌。凡類寧比肩。不得遊山澤。跼促誠可憐。

聞鴈

故園眇何處。歸思方悠哉。淮南秋雨夜。高齋聞鴈來。

碩東橋曰：淒惋有味。何湛之云：此必悼亡後作，次篇可見

子規啼

高林滴露夏夜淸。南山子規啼一聲。鄰家孀婦抱兒泣。我獨展轉難爲情。一作何時明

始建射侯

男子本懸孤。有志在四方。虎竹忝明命。熊侯始張皇。賓客時事畢。諸將備戎裝。星飛的屢破。鼓譟武更揚。曾習鄒魯學。亦陪鵷鷺翔。一朝願投筆。世難激中腸。

鶡鴠

可憐鶡鴠飛。飛向樹南枝。南枝日照暖。北枝霜露滋。露滋不堪棲。使我夜常啼。願逢雲中鶴。銜我向寥廓。願作城上烏。一年生九雛。何不舊巢住。枝弱不得去。不意道苦辛。客子常畏人。

韋蘇州集卷之八終

韋蘇州集卷之九

歌行上

長安道

漢家宮殿含雲煙。兩宮十里相連延。晨霞出没弄丹闕。春雨依微自甘泉。春雨依微春尚早。長安貴遊愛芳草。寶馬橫來下建章。香車却轉避馳道。貴遊誰最貴。衛霍世難比。何能蒙主恩。幸遇邊塵起。歸來甲第拱皇居。朱門峩峩臨九衢

顧東橋曰蘇州尚古麄能爲梁甫遺音

中有流蘇合歡之寶帳一百二十鳳凰羅列含明珠下有錦鋪翠被之燦爛博山吐香五雲散麗人綺閣情飄飄頭上鴛鴦雙翠翹低鬟曳袖廻春雪聚黛一聲愁碧霄山珍海錯棄藩籬烹犢炰羔如折葵既請列侯封部曲還將金印授廬兒歡榮若此何所苦但苦白日西南馳

行路難

荆山之白玉兮良工琱琢雙環連月蝕中央鏡

劉須溪曰知是然意
頓東橋曰聲工樂府

心穿。故人贈妾初相結。恩在環中尋不絕。人情厚薄苦須臾。昔似連環今似玦。連環可碎不可離。如何物在人自移。上客勿遽歡。聽妾歌路難。旁人見環環可憐。不知中有長恨端。

橫塘行

妾家住橫塘。夫婿郗家郎。玉盤的歷矢白魚。湘（頓云痛打）簟玲瓏透象牀。象牀可寢魚可食。不知郎意何南北。岸上種蓮豈得生。池中種槿豈得成。丈夫一去花落樹。妾獨夜長。心未平。

貴遊行

漢帝外家子。恩澤少封侯。垂楊拂白馬。曉日上青樓。上有顏如玉。高情世（一作非）無儔。輕裾含碧煙。窈窕似雲浮。良時無還景。促節爲我謳。忽聞艷陽曲。四坐亦已柔。賓友仰稱嘆。一生何所求。平明擊鐘食。入夜樂未休。風雨愆歲候。兵戈横九州。焉知坐上客。草草心所憂。

酒肆行

豪家沽酒長安陌。一旦起樓高百尺。碧疏玲瓏含春風。銀題彩幟邀上客。迴瞻丹鳳闕。直視樂遊苑。四方稱賞名已高。五陵車馬無近遠。晴景悠揚三月天。桃花飄俎柳垂筵。繁絲急管一時合。他壚鄰肆何寂然。主人無猒且專利。百斛須臾一壺（一作囊）費。初醲後薄爲大偷。飲者知名不知味。深門潛醖客來稀。終歲醇醲味不移。長安酒徒

劉須溪曰極豪俠意
桂天祥曰猶酣新豐酒便俠尚帶灞陵雨何故有如此佳句

空擾擾路旁過去那得知。

相逢行

二十登漢朝英聲邁今古適從東方來又欲謁明主猶酣新豐酒尚帶灞陵雨邂逅兩相逢別來問寒暑寧知白日晚暫向花間語忽聞長樂鐘走馬東西去

烏引雛

日出照東城春烏鴉鴉雛和鳴鴉和鳴羽猶短

巢在深林春正寒。引飛欲集東城暖。羣鶵離褷睥睨高。舉翅不及墜蓬蒿。雄雌來去飛又引。音聲下上懼鷹隼。引鶵烏。爾心急急將何如。何得比日搜索雀卵噉爾鶵。

鳶奪巢

野鵲野鵲巢林梢。鴟鳶恃力奪鵲巢。吞鵲之肝啄鵲腦。竊食偷居常自保。鳳凰五色百鳥尊。知鳶爲害何不言。霜鸇野鷂得殘肉。同啄羶腥不青逐。可憐百鳥生縱橫。雖有深林何處宿。

燕銜泥

銜泥燕。聲嘍嘍。尾涎涎。秋去何所歸。春來復相見。豈不解決絶高飛碧雲裏。何爲地上銜泥滓。銜泥雖賤意有營。杏梁朝日巢欲成。不見百鳥畏人林野宿。翻遭網羅俎其肉。未若銜泥入華屋。燕銜泥。百鳥之智莫與齊。

鞾鼓行

淮海生雲暮慘澹。廣陵城頭鼙鼓曉。寒聲坎坎風動邊。忽似孤城萬里絕。四望無人煙。又如虜騎截遼水。胡馬不食仰朔天。座中亦有燕趙士。聞鼙不語客心死。何況鰥孤火絕無晨炊。獨婦夜泣官有期。

古劍行

千年土中兩刃鐵。土蝕不入金星滅。沉沉青春鱗甲滿。蛟龍無足蛇尾斷。忽欲動。中有靈。豪士得之敵國寶。佽家舉意半夜鳴。小兒女子不可近。龍蛇變化此中隱。夏雲奔走雷闐闐。恐成霹靂飛上天。

金谷園歌

石氏滅。金谷園中水流絕。當時豪右爭驕侈。錦爲步障四十里。東風吹花雪滿川。紫氣凝閣朝景妍。洛陽陌上人迴首。絲竹飄飖入青天。晉武平吳恣懽燕。餘風靡靡朝廷變。嗣世衰微誰肯憂。二十四友日日空追遊。追遊詎可足。共惜年華促。禍端一發埋恨長。百草無情春自緑。

温泉行

出身天寶今年幾。頑鈍如鎚一作錘命如紙。作官不了却來歸。還是杜陵一男子。北風慘慘投温泉。忽憶先皇遊幸年。身騎廐馬引天仗。直入華清列御前。玉林瑶雪滿寒山。上昇玄閣遊絳煙。平明羽衛朝萬國。車馬合沓溢四鄽。蒙恩每浴華池水。扈獵不蹀渭北田。朝廷無事共權燕。美人絲管從九天。一朝鑄鼎降龍馭。小臣髯絕不得去。今來蕭瑟（一作颯）萬井空。唯見蒼山起煙霧。可憐蹭蹬失風波。仰天大叫無奈何。弊裘羸馬凍欲死。賴遇主人杯酒多。

學仙

昔有道士求神仙。靈真下試心確然。千鈞巨石一髮懸。臥之石下十三年。存道忘身一試過。名奏玉皇乃升天。雲氣冉冉漸不見。留與弟子但精堅。

石上鑿井欲到水。惰心一起中路止。豈不見古來三人俱弟兄。結茅深山讀仙經。上有青冥倚天之絶壁。下有颼飀萬壑之松聲。仙人變化爲白鹿。二弟翫之兄誦讀。讀多七過可乞言。爲子心精得神仙。可憐二弟仰天泣。一失毫釐千萬年。

廣陵行

雄藩鎮楚郊。地勢鬱岧嶤。雙旌擁萬戟。中有霍嫖姚。海雲助兵氣。寶貨益軍饒。嚴城動寒角。曉騎踏霜橋。翕習英豪集。振奮士卒驍。列郡何足數。趨拜等卑寮。日晏方云罷。人逸馬蕭蕭。忽如京洛間。遊子風塵飄。歸來視寶劍。功名豈一朝。

蕚緑華歌

有一人兮昇紫霞。書名玉牒兮蕚緑華。仙容矯

觽兮雜瑤珮。輕衣垂垂兮蒙絳紗。雲雨愁思兮

望淮海。鼓角蕭條兮駕龍車。世淫濁兮不可降。

胡不來兮王母家。

王母歌

衆仙翼神母。羽蓋隨雷起。上遊玄極杳冥中。下

看東海一杯水。海畔種桃經幾時。千年開花千

年子。玉顔眇眇何處尋。世上茫茫人自死。

馬明生遇神女歌

學仙貴功亦貴精。神女變化感馬生。石壁千尋啓雙檢。中有玉堂（一作牀）鋪玉簟。立之一隅不與言。玉體安隱三日眠。馬生一立心轉堅。知其丹白蒙哀憐。安期先生來起居。請示金鐺玉珮天皇書。神女呵責不合見。仙子謝過手足戰。大瓜玄棗冷如氷。海上摘來朝霞凝。賜仙復坐對食訖。頒之使去（一作使隨玄煙升）隨煙升。乃言馬生合不死。少姑教勅令付爾。安期再拜將生出。一授素書天地畢。

石鼓歌

周宣大獵兮岐之陽。刻石表功兮煒煌煌。石如鼓形數止十。風雨缺訛苔蘚澀。今人濡紙脫其文。既擊既掃白黑分。忽開滿卷不可識。驚潛動蟄走云云。喘急逶迤相糾錯。乃是宣王之臣史籀作。一書遺此天地間。精意長存世冥寞。秦家祖龍還刻石。碣石之罘李斯跡。世人好古猶法傳持來比此殊懸隔。

寶觀主白鸜鵒歌

鸜鵒鸜鵒。衆皆如漆。爾獨如玉。鸜之鵒之。衆皆蓬蒿下。爾自三山來。（音黎）三山處子下人間。綽約不粧冰雪顔。仙鳥隨飛來掌上。來掌上時拂拭。人心鳥意自無猜。玉指霜毛本同色。有時一去凌蒼蒼。朝遊汗漫暮玉堂。巫峽雨中飛暫濕。杏花林裏過來香。日夕依人全羽翼。空欲銜環非報德。豈不及阿母之家青鳥兒。漢宮來往傳消息。

彈棊歌

圓天方地局。二十四氣子。劉生絶藝難對曹。客爲歌其能。請從中央起。中央轉鬬破欲闌。零落勢背誰能彈。此中舉一得六七。旋風忽散霹靂疾。履機乘變安可當。置之死地翻取强。不見短兵反掌收已盡。唯有猛士守四方。四方又何難。横擊上緣邊。豈如昆明與碣石。一箭飛中隔遠天。神安志愜動十全。满堂驚視誰得然。

韋蘇州集卷之九 終

劉須溪曰望而知為本色人也

桂天祥曰觀太白新鶯百轉便覺韋詩頗劇

顧東橋曰形容好

韋蘇州集卷之十

歌行下

聽鶯曲

東方欲曙花冥冥啼鶯相喚亦可聽乍去乍來
時近遠纔聞南陌又東城忽似上林翻下苑綿
綿蠻蠻如有情欲囀不囀意自嬌羌兒弄笛曲
未調前聲後聲不相及秦女學箏指猶澀須臾
風暖朝日暾流音變作百鳥喧誰家懶婦驚殘

顧云風流

夢。何處愁人憶故園。伯勞飛過聲躅促。戴勝下時桑田緑。不及流鶯日日啼花間。能使萬家春意閑。有時斷續聽不了。飛去花枝猶裊裊。還棲碧樹鎖千門。春漏方殘一聲曉。

白沙亭逢吳叟歌

龍池宫裏上皇時。羅衫寶帶香風吹。滿朝豪士今已盡。欲話舊遊人不知。白沙亭上逢吳叟。愛客脱衣且沽酒。問之執戟亦先朝。零落艱難却負樵。親觀文物蒙雨露。見我昔年侍丹霄冬狩春祠無一事。歡遊洽宴多頒賜。嘗陪夕月竹宮齋。每返温泉灞陵醉。星歲再周十二辰。爾來不語今爲君、盛時忽去良可恨。一生坎壈可足云。

送褚校書歸舊山歌

握珠不返泉。匣玉不歸山。明皇重士亦如此。忽惟褚生何得還。方稱羽獵賦。未拜蘭臺職。漢箧亡書已暗傳。嵩丘遺簡還能識。朝朝待詔青鎖

闉。中有萬年之樹蓬萊池。世人仰望棲此地生
獨徘徊意何爲。故山可往薇可採。一自人間星
歲改。藏書壁中苔半侵。洗藥泉中月還在。春風
飲餞灞陵原。莫厭歸來朝市喧。不見東方朔。避
世從容金馬門。

五絃行

美人爲我彈五絃。塵埃忽靜心悄然。古刀幽磬
初相觸千珠貫斷落寒玉。中曲又不喧。徘徊夜

長月當軒。如伴風流縈艷雪。更逐落花飄御園。獨鳳寥寥有時隱。碧霄來下聽還近。燕姬有恨楚客愁。言之不盡聲能盡。末曲感我情。解幽釋結和樂生。壯士有仇未得報。拔劍欲去憤已平。夜寒酒多愁遽明。

驪山行

君不見開元至化垂衣裳。厭坐明堂朝萬方。訪道靈山降聖祖。沐浴華池集百祥。千乘萬騎被原野。雲霞草木相輝光。禁仗圍山曉霜切。離宮積翠夜漏長。玉階寂歷朝無事。碧樹萋萋寒更芳。三清小鳥傳仙語。九華眞人奉瓊漿。下元昧爽漏（一作編）恒秩。登山朝禮玄元室。翠華稍隱天半雲。丹閣光明海中日。羽旗旄節憩瑶臺。清絲妙管從空來。萬井九衢皆仰望。彩雲白鶴方徘徊。憑高覽古（或作一望）嗟寰宇。造化茫茫思悠哉。秦川八水長繚繞。漢氏五陵空崔嵬。乃言聖祖奉丹經。以年爲日億萬齡。蒼生感壽陰陽泰。高謝前王出塵外。英雄共理天下晏。戎夷讋伏兵無戰。時豐賦斂未告勞。海潤珍奇亦來獻。干戈一起文武乖。歡娛已極人事變。聖皇弓劒墜幽泉。古木蒼山閉宮殿。纘承鴻業聖明君。威震六合驅妖氛。太平遊幸今可待。湯泉嵐嶺還氛氳。

漢武帝雜歌

漢武好神仙。黄金作臺與天近。王母摘桃海上還。感之西過聊問訊。欲來不來夜未央。殿前青鳥先迴翔。綠鬢縈雲裾曳霧。雙節飄飄下仙步。白日分明到世間。碧空何處來時路。玉盤捧桃將獻君。踟蹰未去留彩雲。海水桑田幾翻覆。中間此桃四五熟。可憐穆滿瑶池燕。正值花開不得薦。花開子熟安可期。邂逅能當漢武時。顏如芳華潔如玉。心念我皇多嗜欲。雖留桃核桃有靈。人間糞土種不生。由來在（一作懷）道豈在藥。徒勞方士海上行。掩扇一言相謝去。如煙非煙不知處。金莖孤峙兮凌紫煙。漢宮美人望杳然。通天臺上月初出。承露盤中珠正圓。珠可飲。壽可永。武皇南面曙欲分。從空下來玉杯冷。世間綠翠亦作囊。八月一日仙人方。仙方稱上藥。靜者服之常綽約。柏梁沈飲自傷神。猶聞駐顏七十春。乃知甘醲皆是腐腸物。獨有淡薄之水能益人。千載金盤竟何處。當時鑄金恐不固。蔓草生來春復秋。碧天何言空墜露。

漢天子觀風自南國。浮舟大江屹不前。蛟龍索鬬風波黑。春秋方壯雄武才。彎弧叱浞連山開。愕然觀者千萬衆。舉麾齊呼一矢中。死蛟浮出不復靈。舳艫千里江水清。鼓鼙餘響數日在。天吳深入魚鱉驚。左有佽飛落霜翮。右有孤兒貫犀革。何爲臨深親射蛟。示威以奪諸侯魄。威可畏皇可尊。平田校獵書猶陳。此日從臣何不言。

獨有威聲振千古。君不見後嗣尊爲武。

椶櫚蠅拂歌

椶櫚爲拂登君席。青蠅（一作[illegible]）掩亂飛四壁。文如輕羅散如髮。馬尾氂毛不能絜。柄出湘江之竹碧玉寒。上有纖羅縈縷尋未絶。左揮右洒繁暑清。孤松一枝風有聲。麗人紈素可憐色。安能點白還爲黑。

信州録事參軍常曾古鼎歌

三年紏一郡。獨飲寒泉井。江南鑄器多鑄銀。罷官無物唯古鬲。彫螭（一作藏）刻篆相錯蟠。地中歲久青苔寒。左對蒼山右流水。云有古來葛仙子。葛仙埋之何不還。耕者鎗然得其間。持示世人不知寶。勸君鍊丹求壽考。

夏氷歌

出自玄泉杳杳之深井。汲在朱明赫赫之炎辰。九天含露未銷鑠。閶闔初開賜貴人。碎如墜瓊方截璐。粉壁生寒象筵布。玉壺紈扇亦玲瓏。座有麗人色俱素。咫尺炎涼變四時。出門焦灼君詎知。肥羊甘醴心悶悶。飲此瑩然何所思。當念闌干鑿者苦。臘月深井汗如雨。

凌霧行

秋城海霧重。職事凌晨出。浩浩合元天。溶溶迷朗（一作晓）日。纔看含鬢白。稍視（一作似）霑衣密。道騎全不分。郊樹都如失。霏微誤噓吸。膚腠生寒慄。歸當飲一楊用修曰毋與答徐秀才五絃行舉用艷雪字而不覈其義也或問予雪可言艷乎予曰洛神以流風迴雪比美人之飄颻雪固自有艷也然雪之艷非韋不能道柳花之香非李不能道竹之香非子美不能道也

杯。庶用蠲斯疾。

樂燕行

良辰且燕樂。樂往不再來。趙瑟正高張。音響清塵埃。一彈和妙謳。吹去繞瑤臺。艷雪凌空散。舞羅起徘徊。輝輝發衆顏。灼灼歎令才。當喧既無寂。中飲亦停杯。華燈何遽升。馳景忽西頹。高節亦云立。安能滯不廻。

采玉行

官府徵白丁。言采藍谿玉。絶嶺夜無家。深榛雨中宿。獨婦餉糧還。哀哀舍南哭。一作田荒舍南哭

難言

掬土移山望山盡一作遙。投石填海望海滿。持索捕風幾時得。將刀斫水幾時斷。未若不相知。中心萬仞何由欸。

易言

洪爐爍炭燎一毛。大鼎炊湯沃殘雪。疾影隨形

不覺至。千鈞引縷不知絕。未若同心言。一言和同解千結。

調嘯詞

胡馬胡馬。遠放燕支山下。跑沙跑雪獨嘶。東望西望路迷。路迷路迷迷路。邊草無窮日暮。

河漢河漢。曉挂秋城漫漫。愁人起望相思。江南塞北別離。別離別離離別。河漢雖同路絕。

三臺詞

一年一年老去。明日後日花開。未報長安平定。萬國豈得銜盃。

氷泮寒塘始緑。雨餘百草皆生。朝來門閤無事。晚下高齋有情。

韋蘇州集卷之十終

韋蘇州集拾遺目録

熙寧丙辰校本添四首

紹興壬子校本添三首

送宫人入道一首

和晋陵陆丞早春游望一首

乾道辛卯校本添一首

九日

韋蘇州集拾遺

答暢參軍

秉筆振芳步。少年且吏遊。官閑高興生。夜直河漢秋。念與清賞遇。方抱沈疾憂。嘉言忽見贈。良藥同所瘳。高樹起栖鴉。晨鐘滿皇州。凄清露華動。曠朗景氣浮。偶宦心非累。處喧道自幽。空虛爲世薄。子獨意綢繆。

南池宴錢子辛賦得科斗

臨池見科斗。美爾樂有餘。不憂網與鉤。幸得免爲魚。且願克文字。登君尺素書。

詠徐正字畫青蠅

誤點能成物。迷眞許一時。筆端來已久。座上去何遲。顧白曾無變。聽雞不復疑。詎勞才子賞。爲入國人詩。

虞獲子鹿并序

虞獲子鹿。惘園鹿也。遭虞之機張。見畜於人。不得遂其天性焉。

虞獲子鹿畜之城隈。園有美草。池有清流。但見蹶蹶。亦聞呦呦。誰知其思。巖谷云遊。

陪王郎中尋孔徵君

俗吏閑居少。同人會面難。偶隨香署客。來訪竹林歡。暮館花微落。春城雨暫寒。甕間聊共酌。莫使宦情闌。

送宮人入道

捨寵求仙畏色衰。辭天素面立天墀。金丹擬駐千年貌。寶鏡休匀八字眉。公主與收珠翠後。君王看戴角冠時。從來宮女皆相妒。說着瑤臺總淚垂。

和晉陵陸丞早春遊望

獨有宦遊人。偏驚物候新。雲霞出海曙。梅柳渡江春。淑氣催黃雀。晴光照綠蘋。忽聞歌苦調。歸思欲沾巾。

九日

一爲吳郡守。不覺菊花開。始有故園思。且喜衆賓來。

韋蘇州集

總論

白樂天曰韋蘇州歌行才麗之外頗近興諷其五言尤高雅閒澹自成一家之體

司空圖曰右丞蘇州趣味澄敻若淸沇之貫達

又曰王右丞韋蘇州澄澹精緻格在其中豈妨於道樂哉

敖陶孫曰韋蘇州如園客獨繭暗合音徽

劉須溪云韋應物居宫自愧悶悶有鄙人之意其詩如深山採藥飲泉坐石日晏忘歸又曰韋詩潤者如石

葛常之曰韋應物詩平平處甚多至于五言句則超然出于畦徑之外

徐師川云自李杜以來古人詩法盡廢惟蘇州有六朝風致最爲流麗

葛蘩云其爲文峻潔幽深詞意簡遠指事言情

格力閒暇下可以陵顏謝而上可以薄風騷擺去陳言濃纖合度而自成一家

西清詩話云韋蘇州如渾金璞玉不假雕琢成妍唐人有不能到至其過處大以村寺高僧奈時有野態

宋潜溪曰韋應物祖襲靈運能一寄濃纖于蕭澹之中淵明以來一人而已

李東陽曰陶詩質厚近古愈讀而愈見其妙韋

應物稍失之平易柳子厚則過于精刻世稱陶韋又稱韋柳特槩言之惟謂學陶者須自韋柳而入乃爲正耳

何良俊曰韋左司性清曹遠最近風雅其活澹之趣亦不減陶靖節唐人中五言有陶何遺韻者獨左司一人

王元美曰韋左司平澹和雅爲元和之冠又曰左司今朝郡齊冷是唐選佳境倪雲林詩

法云韋蘇州思致清遠能道小喫烟火食語

桂天祥云韋蘇州古詩冲雅極高律詩閒澹然不古矣

鍾惺云韋蘇州等詩胸中腕中皆先有一段眞至深永之趣落筆自然清妙非專以淺澹擬陶者世人誤認陶詩作淺澹所以不知韋詩也

譚元春云總是清清一字要有來歷不讀書不深思人假借不得